32歳。いきなり介護がやってきた。

時をかける認知症の父と、がんの母と

あまのさくや

佼成出版社

目次

3. 2017 父の進化が止まらない

4. 2017～2018 母はどこへ行く

5.

2019
そして父と二人になった

6.

2019〜2020 父と私の新しい生活

プロローグ

そもそもの始まり

私には若年性のアルツハイマー型認知症の父（69歳）がいる。

自宅での主な生息場所はリビングのソファかダイニングテーブル。大概テレビを見ているか寝ているか食べている。


今日は何日？　今は昼なのか夜なのか。

今、家には誰がいる？

そもそも自分に子供なんていたっけ？

お母さん……？　奥さんは？

おや、目の前に現れたこの人は僕の孫だっけ、娘だっけ？

今、父の世界の中では、過去も未来も星座も越えて、他の人にはわからない速さで、毎日、誰かが突然消えたり現れたりしている。

もう今となっては、娘の私にも、3年前の父のことが思い出せない。そのくらい父の変化は目まぐるしい。


　だけど変わったのは父だけではない。

　父が認知症であると診断された1年半後、
　母　が　が　ん　で　あ　る　という診断がおりた。

　発見しにくい場所にあったことで他臓器への転移もあり、すでに〝ステージⅣ〟であり手術もできないという。

「がんです」

「ガーーーン」

　……っていう漫画みたいな展開は、実際、ある。

　頭の中で「ガーン」という音がしたような気がした。

　隕石《いんせき》が落ちてきたような気分だった。

　がん宣告の1年半後、母は逝った。

　娘の私は、32歳で父の介護の中心人物となった。

FAMILY MAP

私・さくや

絵はんこ作家・エッセイスト。
32歳で介護の中心となる。
真ん中っ子の長女として、自由に
甘やかされて育つ。

元・バリバリの外資系営業マン。
63歳でアルツハイマー型認知症と
診断される。
子煩悩で、娘に甘い。

家族第一。よくしゃべり、よく覚えてる人。
61歳で十二指腸乳頭部がん
ステージIVを宣告される。
現実的な性格とミーハー心を
あわせもつ。

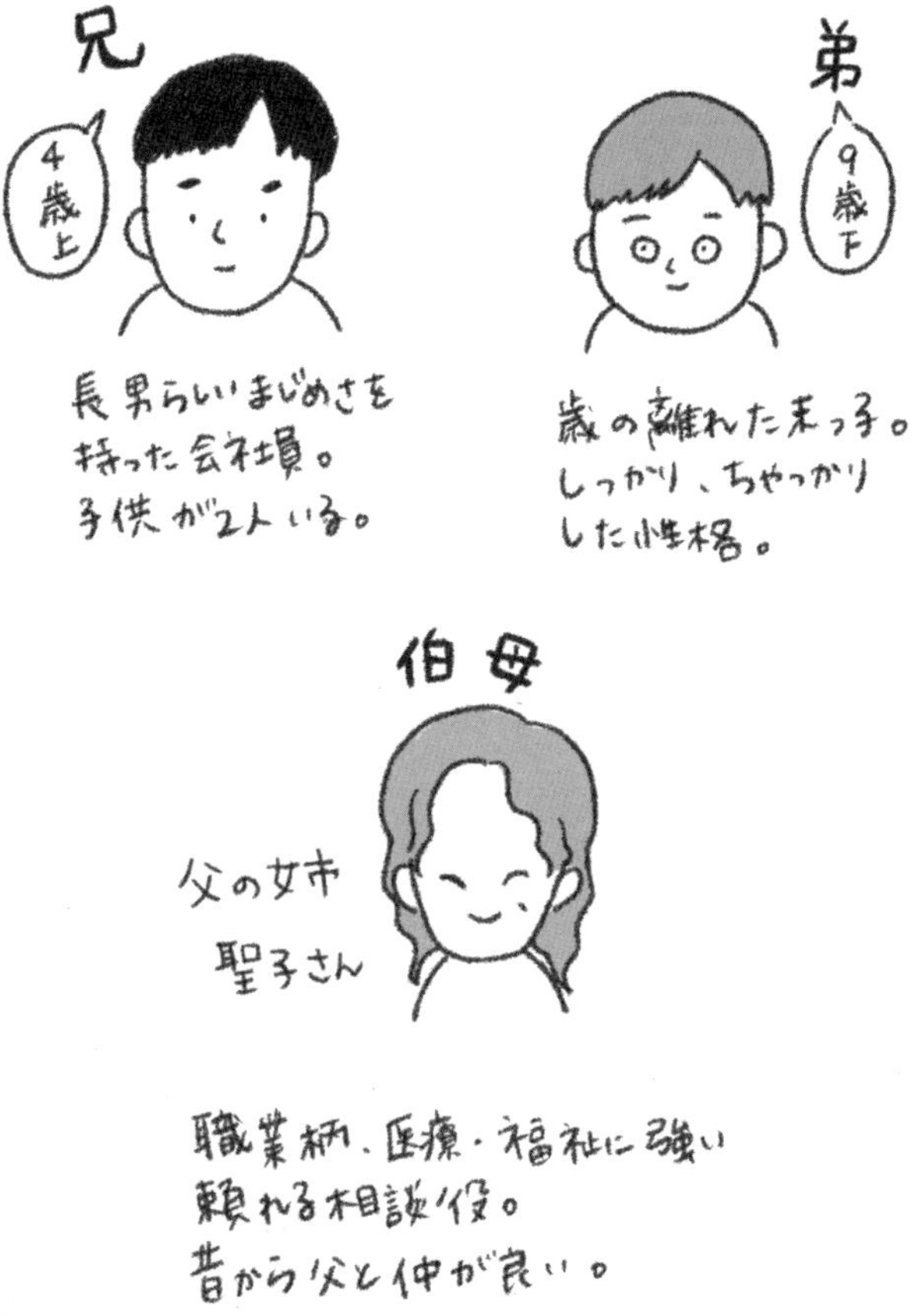
兄
4歳上
長男らしいまじめさを
持った会社員。
子供が2人いる。
弟
9歳下
歳の離れた末っ子。
しっかり、ちゃっかり
した性格。
伯母
父の姉
聖子さん
職業柄、医療・福祉に強い
頼れる相談役。
昔から父と仲が良い。

かつての父はアメリカ人

父はもともと、アメリカ人みたいな人だった。父の海外赴任のため我が家は過去に2回、アメリカで暮らしている。私は3人兄弟だが、4歳上の兄は日本生まれ、私はカリフォルニア生まれ、9歳年下の弟はボストン生まれだ。

父は大胆な性格で、外資系企業でバリバリ働き、海外含む出張も多く、ペラペラと英語を喋り、愛想はよく誰とでも話せるが、合わない人とはあっさり決別するフランクな性格。自己主張も態度も強めで世渡りがうまく、結構なやり手だったのだろう、収入は高く我が家は比較的裕福でいられた。職場では厳しい顔を持っていたようだが、それを家庭では見せず、むしろ子供の尻にしかれるような、子煩悩な父親だった。特にアメリカで生活してから父は、会話の端々でアイラブユー、などと言うようになり、小学校高学年になっていた私は「はいはい、また言ってる」という顔で照れくさく受け流すのが常だった。今思えば周囲の影響を受けて言うようになったのだろうけれど、父の「アイラブユー」には嘘がなく、いつの間にか我が家での会話に馴染《なじ》んでいて、それも父のアメリカ人っぽさを色濃くしていた。

長年続けているような趣味はなかったが、何かを学ぶことや旅行することが好きで、アメリカ在住中も含め海外でも日本でも様々な場所へ行った。

車が好きだった父の運転で、家族でもよく出かけた。我が家は５人家族だが、兄は就職して家を離れていたので、両親と私と弟の４人で出かける機会も多かった。車の中では音楽をよくかけていた。女性ボーカルが好きだった父は、キャロル・キング、カーペンターズ、今井美樹や竹内まりやなどをかけては、ご機嫌に口ずさんでいた。

私や弟が大きくなると、それぞれが好きなＣＤを持ち込んではこれをかけようという競

争になってくる。私は弟のかける音楽に興味がなかったが、父は「なかなかいいなぁ」と言って聴く。気に入らないものや耳障りなものは拒否しつつも、人の好きな音楽にも一旦興味を持って付き合えるのが父だった。しかし車内では、音楽に負けないくらいのボリュームで母が高速に喋り続け、素早いテンポで私や弟が茶々を入れる。そして父は鼻歌を歌っている。我が家のドライブは、なんだかいつも騒がしかった。

父の異変

父はやりたい！　と思いついたらすぐ行動を起こす性格でもあった。会社での立場も、その責任も重くなる50歳で、父は経営学修士（MBA）を取得するために大学院に入学した。

日中は会社でゲキを飛ばしながらバリバリ働き、休日や夜は大学院へ通う。そんな日々の無理がたたったせいか、父はある日、会社でてんかんの重積発作を起こして倒れた。その後救急車で運ばれ、なんと集中治療室へ。

当時高校生だった私はパニックになり、父が死んでしまうのかという衝撃で涙が止まらなかった。一報を受けて先に病院へ向かった母を見送り、その後小学校から帰宅した弟を連れて乗ったタクシーでも、涙は止まらない。

病院に着いて管だらけの父を見て、ああもう父は死んでしまうのか、と思ってまた涙があふれた。生きた心地がしないまま、止まらない涙を拭いながら、待合室で数時間待つと、ようやく父が意識を取り戻したという知らせが入った。

ＩＣＵで意識を取り戻した父はうつろな目で、「会社に戻らなきゃ」とつぶやいた。あまりに状況にそぐわない父のつぶやきだったが、いつもの父のような気がして、私は瞬間的に少しホッとした。母が「何言ってんの」と呆れ、「まず歩けるようになってからな」と、兄がすかさずツッコんだ。

死んでしまうかもしれないという張り詰めた緊張感の後で、家族がいつも通り父にツッコめる余裕が出たことが嬉しくて、数時間ぶりに私も笑った。

そこから数週間の休暇を挟んだものの、退院後の生活にそこまでの支障はなく、父はまたハードな生活を再開した。とはいえ一度間近に迫った死を見ているので、無理をしないように家族が口を挟みつつ、とりあえずＭＢＡ取得、大学院の卒業までは見守った。

しばらくすると父も私たちも、それをなかったことにしたいような気持ちになるもので。その後、父はなんの変哲もなく普通の父に戻った……と思われた。

1.

2009 ～ 2016

父が若年性認知症と診断されるまで

父の様子がおかしい……認知症の足音

不穏の足音が聞こえる

てんかんの発作から6年が経った２００９年、父と私の二人でニューヨークへ旅行した。私の伯母にあたり、父ととても仲の良い姉の聖子さんがニューヨークで結婚することになったが、役所で手続きをするだけで式はしないというので、遊びがてら冷やかしに、父と二人で行くことになった。我ながら、仲の良い父娘だと思う。

だがそのときの父は、少し様子がおかしかった。基本的に父はレディファーストで、紳士的で、特に女性にやさしい。人と道を歩くときはその人の後ろを歩き、ゴルゴ13かと思うくらい、後ろを歩かれることを嫌う。そんな父が娘を連れてのニューヨーク。慣れたアメリカで、父はリードしたかったのだろう。しかし私も学生時代にアメリカへ留学していた経験もあり、自力で目的地に行くくらいの旅のノウハウは持ち合わせていた。

父が「●●へ行く用事がある」と言うので、じゃあ地下鉄でこれに乗って……などとアドバイスをしようとすると、「そんなのわかってるよ、大丈夫だから！」と強い口調でつっぱねる。のちに合流したときに、行けたの？ と聞くと、行けなかったという。

父は日本語より英語の方が母国語なのでは？ と思うくらい英語が堪能で、アメリカに精通していた。いつの間にか私が旅慣れしてしまったことに対して、プライドが許さないのだろうか？ とも思ったが、自分の滞在しているホテル名をなかなか覚えられなかったり、会おうとしていた人の名前が思い出せなかったりと、いつも通りに行動できない自分に対していらだっているようにも見えた。

昔から私の行きたいところへスイスイと連れて行ってくれた父が、「できない」姿を目の当たりにしたのはこのときがはじめてだった。

父、転職を繰り返す

２０１２年の夏、父は60歳を目前にして長年勤めた会社を退職し、転職をした。しかしその後、周囲とそりが合わないことを理由に間もなく再度転職。昔取った杵柄《きねづか》なのか、業界で実績が知られているらしい父は、年もとっているというのに、ヘッドハンティングやらつながりやらで次々と声がかかる。

その後再度転職するも、今度は会社都合で退職。詳しくは聞いていないが、社内でパワハラのような訴えがあったらしい。たとえばアポをすっぽかしてしまう、自分で言ったことを覚えていられず意見がコロコロ変わる……。もともと強気な父のやり方もあって、周囲に理不尽な怒りをぶつける場面もあったかもしれない。仕事に支障をきたすような変化が、家族には見えないところでたくさん出ていたのだろう。

父は以前から会社を出るとき、家に〝帰るコール〟をしていた。それは長年、母から口をすっぱくして言われ、植えつけられた習慣の一つだ。ある日、「これから帰るよ。ごはんは家で食べる」と言っていた父の帰りが少し遅かった。帰宅した父は「あれ、食べるって言ったっけ？　外で食べてきちゃった」と言う。1回や2回ならば〝うっかり〟で済むことが何回も繰り返されると、母も徐々に声を荒らげるようになる。父は自分で言ったことを覚えていないので、「そんなこと言ってない」と言い張り、大きなけんかに発展する。

母は父の言動に振り回され、父は自分の行動を咎《とが》められたことに腹を立てる。この頃の父は以前よりもひどく怒りっぽくなっており、ときに母を強い口調で責めるようにもなっていた。家族に甘い父がここまで声を荒げたり、両親が大げんかするところは今までに見たことがなく、父に何かが起きているという不穏な予感は、近くまで着実に迫りつつあった。

この頃まだ病名はついていなかったが、父の中の何かが〝進行〟しているのは明らかで、家族はみな、認知症の疑いをかけていた。近くで見ていれば明らかに〝クロ〟でも、病名がつかない〝グレー〟状態が続く。

本人も病気であるという自覚がないので、仕事も何もかも、本人が強く望めば家族が力ずくで抑制することは難しい。

「今日の昼間にしていたことを、夕方にはすっかり忘れている」。そんな父の記憶のサイクルが、「10分前にした約束を、もう今は覚えていない」と短縮していくまでに、そう長くはかからなかった。

約束をすっぽかした父

病気に隠居させられてしまった父

2013年に父は、再度転職をした末に、アメリカへ単身赴任までした。そして1年3か月勤めた後、仕事・生活面で限界を感じて日本へ帰国。そうして紆余曲折を経て62歳のときに定年退職をした。

父は、時間に縛られることがなくなった自由さを喜ぶ半面、何もしない生活を持て余していた、というのは娘の勝手な視点だろうか。退職した父は、家でものを食べたりお酒を飲んだりテレビを見たりして過ごすようになっていた。

それでもこの時期の父は、まだアクティブだった。時間だけが有り余る感覚は、仕事ばかりしていた父にとっては楽しみであり、恐怖でもあったのかもしれない。

この頃私は一人暮らしだったが、たまに実家に帰ると、父との会話は短時間のうちに同じ内容がループされるようになってきていた。リビングで顔を合わせてから一度別室に行き、1時間もしないうちにリビングに戻ると「あれ、来てたの？」と言われたときは驚いた。短期的な記憶がスポッと抜け落ちるようになったのだ。

外での待ち合わせや約束は、もうすっかり一人では果たせない。出がけに何時にどことリマインドしたとしても、家を出てから、どこに向かうのか誰に会うのかがわからなくなってしまう。自宅から最寄り駅までは15分ほど歩くので、自宅を出て駅に着くまで記憶がもたない。手に書いてもその手を見なければ意味がないので、相手を問わずいくつもの約束をすっぽかし、家族をはじめ待ち合わせ相手は何度も振り回された。

その後も、なぜかヘッドハンティングの声はかかり続ける。その度父は家族の反対を押し切って乗りかかろうとするが、いずれの話も結局、自分で待ち合わせができずに実現することはなかった。

1. 2009 ～ 2016

父が若年性認知症と診断されるまで

学ぶ意欲は高く、ある日「手話の勉強を始める」と言って高い入学金をポンと払ってきたのには家族一同驚いた。手話をしばらく続けた後はフランス語を英語で学ぶというクラスに通い始め、フランスに留学したい！　とエージェントと連絡を取り始めていたが、仕事同様に話は立ち消えていく。いちいちスケールも金額感も大きいことを始めようとするのが父の性格だ。

父に自分がご隠居さんという意識はない。本当は、働きたいという希望に歯止めをかける権利なんて誰にもなかったはず。家族は、父の行動を阻害したわけではない。協力しなかっただけ。父が何かを一人で遂行することは、もうずいぶん難しくなっていた。

父は病気に、隠居させられてしまったのだ。

それでも、認知症の診断がおりない

長年の付き合いがある父の主治医は、この頃の父の症状を「てんかんからくる記憶障害」としていた。

しかし、物忘れと呼ぶには度が過ぎるほど短期的な記憶が抜け落ちること、足元がおぼつかなくなり身体能力も落ちてきたこと、感情のコントロールがきかなくなりつつあるこ

1. 2009 〜 2016

父が若年性認知症と診断されるまで

父はアメリカで、
SNSをやっていた

ある日、いとこに子供が生まれた

翌日　父、喜び勇んでSNSを更新

と……など、これは認知症なのではないか？　と、家族は疑いを持っていた。父自身は自分の記憶の弱さや体の不自由さを頑なに認めなかった。なんでも一人でできるというような態度をとり、病院に行くと主治医の前で元気に振る舞う父は、付き添った母にも口をなかなか挟ませない。

ただ、自分が色々なことができなくなってきていることに気づいていないわけではなく、「僕は本当に大丈夫かな」と、後ろ向きなメールを伯母の聖子さんに送ることもあった。しかしそのメールを受信した聖子さんが励ましの返信をする数時間後には当人はすっかり忘れていて、「お腹すいた」と素《す》っ頓狂《とんきょう》なメールが返ってくる始末。

家族から見れば、明らかに様子がおかしい。しかし本人は病気と思っていないし、認めない。医師に聞いても認知症の病名はつかない。父の変化による負担を一身に受けていたのは母で、一刻も早くこの状況に名前をつけてほしいと願ってしまうような、もやもやとしたグレーゾーンがしばらく続いた。私は当時同居していなかったこともあり、見て見ぬ振りをすることもできてしまい、母から来る長文の愚痴メールを、「面倒だな」と思う自分も確かにいた。

そして認知症の診断がおりた

2015年の春、父の主治医が休職されたことを機に、自宅近くのクリニックに転院した。しかしそこの検査でも認知症ではなく、あくまでてんかんという診断を受ける。家族が抱く認知症の疑いは、なかなか晴れない。

父の失踪事件

この頃から父は、服装に無頓着になっていた。

父は派手好きで、服へのこだわりは昔から強く、値段を見ずに服をバンバン買うタイプだった。仕事用のシャツやネクタイも黄色やピンクなどの色を選び、私服でも奇抜な配色や組み合わせを選ぶ父の趣味はときに家族の理解を超えていたが、世の中のお父さんより派手な父と一緒に買い物に行くのは楽しかった。照れくさいようで、ちょっとした自慢でもあったその父が、一日中部屋着でいるようになり、たまに外出するときも自分の服に興味を示さなくなった。こんな悲しいことって、ない。

もともと不注意なところがあるとはいえ、父はしょっちゅうものを紛失していた。マフラーや手袋などの小物は当たり前、比較的高価な上着までもなくしていたときには驚いた。

さらに時間や曜日の感覚を失い始め、日にちは正確に把握できなくなってくる。時計を見ても早朝6時か夕方6時なのかがわからず、就寝中に母を起こすことも増え、耐えかねた母はいつしか父と寝室を分けるようになった。

歩くのも遅くなり、足を引きずることもあり、体のバランスも不安定になった。そのせいか外出も減り、家に閉じこもりがちになる

と、午前も昼も問わずうたた寝をしていることが増えた。放っておけばずっと家にいる父を、母は懸命に外に連れ出していた。そこで父は、ちょっとした失踪事件を起こす。

その日、父と母は弟の大学が主宰するラグビーの試合観戦へ。試合会場で席を取り、父を残して食べ物・飲み物を買いに行った母が戻ると、父が席にいない。驚いた母は父に連絡を取ろうとするが、携帯電話はいっこうに出ない。待っても戻らない、探しても見当たらない。数時間後、家に電話してみると父が電話に出た。一人で家に帰っていたのだ。後から聞いても、そのときの記憶が一切ないという。

どう見ても、父が、どこかおかしい。

後日、この失踪事件を医師に伝えるも、これも一つの「無意識の行動＝てんかん発作」だと言われる。これだけ事例が重なっても、まだ〝認知症〟という名前がつかない。

早く、認知症だと言ってよ……！

母は、叫び出したいくらいもどかしい思いを抱いていたに違いない。

7年越しの診断

翌年、再度転院をし、主治医が代わったのと同時に、てんかんの治療薬も変更した。その頃から父の記憶力のますますの低下を感じた母は、それが薬の変更によるものなのかどうかを新しい主治医に相談すると、父の症状がてんかんの症状と食い違っていると指摘される。

そして医師の紹介のもと、検査入院をして精密検査を受けることになった。その結果、このときはじめて、今まであったとされる脳のキズの他に、側頭葉の血流低下が発見され、てんかん以外の疾患が見られるとの診断を受けた。

診断は、〝中程度のアルツハイマー型認知症〟。

不穏が足音を立て始めた2009年から、7年越しの診断だった。

何はともあれ、認知症のための治療薬がようやく処方された。そのためか記憶は少し改善されたように見え、怒りっぽくなっていた父の雰囲気も、穏やかになったように感じた。

しかし、相変わらず父には自分が病気であるという認識がない。医師からの診断は本人もはっきりと聞いている。しかしそれを覚えてはいられないのだ。待ち合わせも、運転も、外出も、もう一人では難しくなりつつある日常の行動すべてにおいて、「病気じゃないからそれくらい自分でできる」と主張する。

薬は処方されたが、その他にトレーニングなどを行うわけでもなく、基本的には家でじっとしていることが多い今の生活では、父の病気の進行が早まるのではないかという恐れはあった。

認知症の症状は、抑えられることはあっても、決して巻き戻すことはできない。今のうちに、父とできることはなるべくしておこう。私も母も、そんな気持ちを抱えて過ごしていた。

番外編

親と行く最後の海外旅行

私は大学生くらいからチェコ共和国が大好きで、何度も訪れている。

そして2015年の夏に、両親と私の3人で、3泊4日でチェコ共和国を旅行した。

当初は私一人でチェコ旅行を計画していたところに、母も行きたいと言い出した。今後父と一緒に海外旅行をするのは難しくなってくるかもしれないし、今ならちょっと頑張れば行けそうだから行こうか。そんなタイミングが重なって実現した旅だった。だけどこれが母と行く最後の海外旅行になるなんて、そのときの私は考えもしなかった。

旅から帰った後、私はチェコ旅行の写真を集めてフォトブックを作った。

思い出の一つ一つが、今思うと奇跡みたいに思える。

両親との旅は、計画段階では、親孝行という意味で親のためでもあったけれど、今となっては、元気で楽しそうな両親の姿を自分の記憶に焼き付けられたことが大きい。

誰か連れて行きたい人がいて、連れて行きたい場所があるなら、少し無理してでもできるうちに行っておいた方がいい。脅すつもりはないけれど、行けなくなるときは突然やってくる。ありがちなフレーズではあるが、本当にそう思う。

1. 2009 ～ 2016

父が若年性認知症と診断されるまで

2.
2017
母のがんが発覚

死を自覚した母が娘に残すもの

母の異変

父に認知症の診断がおりた翌年、2017年のある日、母から「具合が悪い」というメッセージが来た。実家を離れ、一人暮らしをしていた私は日常的に連絡は取っていたが、母から体調不良を訴えられることはあまりなかった。

ふだんはこまめに返信が来るのに反応が遅い。大丈夫？　とたずねてもメッセージが既読にならない。心配になり家に帰ると、顔色も悪く苦しそうな母がいた。単なる風邪、というようなものではなかった。

救急車を呼ぼうかと話すが、お腹の痛みと苦しさのピークは越えたと言うので、翌日まで様子を見ることにする。翌朝、母は昨夜より顔色も良かったが、「一人で大丈夫？　一緒に行こうか？」と私が聞いても、「大丈夫だよ」とかわし、一人で自転車に乗って隣駅の病院まで向かった。

そして数時間後、母から「即入院になりました」という連絡が来た。

診断は、胆管結石。

その後は大きな痛みはなかったものの、体調が悪い状態で父と二人で家にいるとひどくストレスがかかるのは目に見えていた。そのため2週間ほど入院することになり、母の入院中は兄弟や親戚、両親の友人にまで協力を請い、交代制で父の介護をすることにした。

認知症の人は環境の変化に弱いと言われる。そして案の定、〝母が入院した〟という大きな変化に、父はひどく混乱した。

「なんでいないの？」

「入院してるでしょ」

「どこに入院してるんだっけ？」

父とはこのやりとりを延々と繰り返す。

今日が何日で今が何時で、自分はどんな環境に置かれているか、すべてが定かではない父にとって、母が目の前にいないことで、立っていた土台を奪われるようなぐらつきを感じるのも無理はない。そして自身が介護されるべき状況である自覚がないため、本人にとってはサポートされる筋合いもなく、意味もわからない状態である。

夜中に、突然父が話しかけてきた。「お母さんはどうしてるんだっけ？」「入院してるよ」といつも通りのやりとりをすると、なんだか少し様子がおかしい。よくよく聞いてみると、どうやら、自分の妻と、自分の母（祖母）を混同しているようだった。祖母は5年前に他界しているのに。

父も、えもいわれぬ焦燥感があったのだろう。連日「お見舞いに行く」と言うが、病院も病棟も部屋番号も曖昧な父が一人で到底たどり着けるわけがないし、迷子になられても困るし……という事情を抱えながらなだめすかす。かわいそうだが、父を病院まで送り迎えする余裕は誰にもなかった。

父は完全に置いてきぼりで、混乱していた。

がんかもしれない

母の入退院からほどなくして、私は、父の病気とは関係なく、婚約解消という自分の事情で実家への引っ越しを決めていた。長らく同棲していたパートナーとの、どこのカップルにもよくあるような不和が原因の破局だった。そんな心の痛手を抱えながら厳しい心境で引っ越し後の片付けをしていると、退院後の経過検診でＣＴ検査を受けに行った母から、予想もしない連絡が来た。そして息を飲んだ。

「重大な病気の可能性があるからすぐに他の病院で再検査をした方がいいって。がんかもしれない」

「えっ……！？」

母が、がん？

その字面だけが宙を舞うように、すぐに現実と結びつかず、ひたすら頭の中に繰り返し響く。同時に、さっと目の前が真っ暗になったような気がした。

退院から１か月後の経過検診で発覚するなんて。入院中も、退院後もしばらく見落とされていた、重大な事実があったのだ。

母も、震える手でメッセージを打ったのだろうか。ああ、致命的な診断を一人で聞かせてしまったのかと後悔したが、隣で聞いたところで、私の方がパニックを起こしていたかもしれない。

その診断から数日後、がんの専門医療病院へ、はじめて付き添った。病院に着くと、その患者の多さと、若い人もちらほらいることに驚いた。

がんの患者ってこんなにいるのか……！　と他人事のように思ったが、どう考えても他人事ではなく、ここにいる私もすでに当事者なのであった。

診断は、がん。ステージはⅣ。

原発巣は、十二指腸乳頭部というきわめて発見しにくい場所にあったという。母の場合、大腸などにも転移が見られるため、手術は難しく、抗がん剤で治療していくしかないとのこと。

がん、そして中でも一番高いステージを宣告されると、「もうすぐ死ぬ」とつい発想してしまう。医師の話では、ステージⅣにも段階があり、母にはまだ治療の余地があるので、いくつかの抗がん剤を段階的に試していくことになるとのこと。抗がん剤治療は副作用も強いため、この先、薬の効果以上に、副作用のダメージによって本人の寿命を削ってしまうようであれば、痛みを緩和させる治療に移っていくこともあると告げられた。

どのくらい生きられるのでしょうか、というセリフはドラマでよく聞くが、母の主治医は、余命宣告や目安を頑なに言わなかった。ベテランの雰囲気のある先生はきわめて穏やかに、私たちが絶望しないような言い方で、具体的な今後について話した。

抗がん剤治療の前に、一旦検査入院をして治療方針を改めて定めること。〝十二指腸乳頭部がん〟への直接的な治療法が確立していないため、大腸がんへの治療薬等を使うことを検討していること。

「がん宣告→即入院」というイメージを持っていたが、よほどの症状で日常生活が送れない人以外は、通院治療をしながらふだんの生活・仕事などを続けるという形式が、現代のがん治療では主流のようだ。母も、3週間に一度抗がん剤の点滴をして、2週間服薬、その後1週間休薬をしてまた点滴と服薬、といった周期で通院治療をすることになった。

父の病気は、私たちの足元で、じわじわと押し寄せる波のようだったが、母の病気は、言うなれば津波だった。

ずぶ濡れになったのは私だけではなく、家族、そして何よりも母自身にショックを与えた。

「今年は年が越せないのかしら……」と弱気につぶやく母の言葉を、誰も強く否定することができない。

病院で検査結果を聞くときには、父を連れて行かなかった。兄弟と相談し、診断結果を

聞いた日の夜、父には私から伝えることにした。

夕飯を食べた後、いつも通りテレビを見ている父に、自分のできる限りの穏やかさを装って、母の病気の話をした。

「あのね、お母さん、がんなんだって」

そう言ったら、なんで病院に連れて行かなかったんだと怒るのではないか、あるいは事態がわからず混乱するのではないかと思っていた。しかし父は想像以上にすんなりと理解して、つらそうな顔でつぶやいた。

「それは、困ったなぁ……」

続く言葉もなく、父はがっくりした表情をしていた。あんなに悲しそうな顔を見たのは久しぶり、いやはじめてだったかもしれない。もちろんつらい反応を予想はしていた。しかし、いつも状況を酌まず、のほほんと気楽そうに過ごしている父の姿に、いらだちながらも、自分は救われていたのだということにそのときはじめて気がついた。

実感がこみ上げてつらくなってしまい、私は慌ててお風呂に逃げた。

　お風呂から上がると、父と母が話していた。これから子供たち、3兄弟が主導権を握って治療や家のことを進めていくこと、父は父で自分の身体機能を維持する努力をしてほしいこと、福祉的サポートを受けていくことに納得してほしいこと、これまで母が管理していた父のお金についても、長男である兄へ管理を引き継いでいくこと。母は現実的なことばかりを語った。しかしその場では同調している父も、数時間後には母の病気のことも忘れているのだった。

「がんでもうすぐ死ぬ」ことを早々に自覚した母

　以前から、母と私はよく一緒に洋服を買いに行っていた。学生のときのように洋服を堂々とねだることはなくなっていったが、近年は母が洋服を選んでいるときに私が「これ、可愛いね」と言うと、「じゃあ買おう」と、母はすぐに買うようになった。

　その流れで買う服の中には、あまり母の趣味と思えないものもあった。私と母は、身長を含め体のサイズ感が大体一緒なので、経済的余裕がなかった私に、理由をつけて譲るつもりだったのかもしれない。実際、その服はほとんど母に着られないまま、私にまわってきた。

ある日、本格的な治療が始まる前に、私は母と気晴らしに買い物に出かけた。今後通院するにあたって、脱ぎ着のしやすいパンツやシャツなどを買うのが主目的で、せっかくなら安っぽいものではなく、ちゃんとしたデパートのもので気分を上げたかった。そのとき母はいつになくパーッと派手に買い物をしていて、安いものより高いもの、長持ちしそうなものを選んでいた。

試着をしてじっくり吟味していく母を見ていて、ふと気がついてしまった。

「今、母は、私が着ることを見越して買い物している」ということに。

今試しているこのジャケットも、パンツも、スカートも。母は、自分がそれを使い古すほど着られないことをよくわかっていた。

口には出さなくとも、診断を受けてからの母はいつだって、自分の短い未来を見据えた行動に切り替えている気がした。予想もしなかった〝がん〟との出会い。この付き合いが長くなるのか短いのか、3か月なのか1年なのか5年なのか、それすら見当がつかなかったが、「5年はない可能性が高い」とは予感できた。ステージⅣを宣告されたときから、母に「絶対完治してやる」という意志は感じられなかった。信じられない思いもあるし、病気の治療も、死も、怖かったに決まっている。それでも母は「私はがんで、もうすぐ死ぬ」と、家族の誰よりも早く受容して、自覚していたような気がする。

一方の私は、母の病気を見て見ぬふりしたい気持ちでいっぱいだった。嘘だ嘘だ、そんなことありえない。いくら話を聞いたって認めたくない。父の介護が降りかかってくるかもしれないという不安はもちろんだが、母がいなくなることが想像できなかったし、したくなかった。だけど私よりつらいはずの母の前ではなるべく平静を装っていても、母がいないところでは、街中にいようが所構わず涙が出るようになってしまった。

私の見えないところで、母も泣いていたのだろうか。それは今となってはもう確かめようがない。

母はどこまでも現実的

家の中にいるのが息苦しいときの処方箋

認知症の家族と同居するということ

父はしょっちゅう、ノックせず私の部屋に入ってくる。

ガチャッ。

「あれ、これおれの部屋だろ？」

父の書斎が私の部屋になったことを、父はなかなか覚えてくれない。

「だから、私が使わせてもらってるんだって」

「なんだよ、おれの部屋だったのに。この家に住んでるの？」

「住んでるよ。お父さんも納得してくれたじゃん」

父は口を尖らせて「なんだよ」とブツブツ言いながら部屋を出て行ったかと思えば、10分後にまたドアをノックせずに入ってきて同じやりとりが始まる。

２回、３回と続くと、いつしか私は部屋に入ってきた父を見向きもしないまま、短い返事をするようになる。

「……うん」

「そうだよ」

「はい」

声のトーンは、私の余裕がなければないほど、冷たいものになる。


父が認知症と診断された２０１６年、私は非常勤職員として勤めていた福祉施設を退職し、フリーランスの絵はんこ作家になった。職場の居心地がよく、予想外に長く働いてしまったが、はんこの仕事も増えてきたのでもう少し本腰を入れて取り組んでみようと

舵を切ったのだ。その翌年には自身の婚約解消、そして母のステージⅣのがんが発覚、と見事に前途多難なフリーランス生活の幕開けとなったわけだが……。

一緒に生活していると、どうしても父の困った行動はいくつも目にする。父の変化を見てきてはいたが、数年間離れていた実家に戻って一緒に暮らすとなると、やはりそのストレスは私に大きく降りかかる。

この頃の父は、すでに時間の感覚を失っていたこともあり、誰かが食事やお風呂を用意して促さなければ、自力で日常生活を送れなくなっていた。

父だって、状況をまったくわかっていないわけではない。「自分でできる」と言い張りながらも、日常生活でうまくいかないことは増えていて、ある程度肌で感じているのだ。父の言動も、認知症という病気のせいなのであって、父の世界と現実世界のズレを、わざわざ言葉にして責め立てても、いいことなど一つもない。後から考えればわかることも、渦中の私にはまったくその余裕がなかった。

2. 2017

母のがんが発覚

新しい出会い

婚約解消の痛手を引きずり、母の病気も受け入れられない。そんな中で父が些細な事件を巻き起こしてイライラの導火線に着火してくるので、私は小さく爆発しては結局自己嫌悪に陥る……。家での生活は、その繰り返しだった。

父に冷たい態度をとる自分のことは、本当に嫌だった。なのに、どうしてもうまく父と話せない。家の中にいる限りは、その悪循環から脱する見通しが立たず、どうにも息苦しい。

一方仕事上でも、フリーランスになって、どう働いていくかという悩みを抱えて、とに

かく何かしなければという焦燥感を抱いていた。絵はんこ作家としての仕事は、彫刻刀とほんの少しの道具があれば、家でもどこでもできる。どこでもいいなら、外へ行きたい。仕事の幅を広げたいという思いがあってフリーランスになったのだし。

環境を変えるにはどうしたらいいだろう?

思いあぐねた私が選んだのは、〝シェアオフィスを借りる〟という選択肢だ。ひょんなことからあるシェアオフィスに出会い、この場所に来れば、新たな出会いが生まれるんじゃないかとワクワクした。会社員ではないから交通費も出ないし、賃料もかかる。それでも私は、ここを借りることにした。

シェアオフィスには、様々な人がそれぞれの仕事をするフリースペースがある。パソコンをカタカタ叩く人が多い中で、一人はんこを彫る私。結構目立つ行為だったのか、話しかけてもらうことも増え、いつしかお互いの息抜きに雑談するようになってきた。そうか、一人で仕事をするのが寂しいのは、私だけではないんだなと知ると、ホッとした。

オフィス内での交流会にも参加し、過去にこういう仕事をしてきて、今も仕事を受け付けていることを人に伝えていった。するとあるとき、「こんな仕事を頼みたいんだけど……」と、声をかけていただいた。目の前のことにベストを尽くしていけば、今後も顔の見える相手と数珠つなぎで仕事になっていくかもしれない。その感覚が嬉しかった。

家の中の小さな世界で、父に冷たくしてしまうことも、母からの愚痴に嫌気がさしてしまうことも、この場所では関係ない。

住居としては実家に住んでも、日中外に出るだけで、まず〝渦中〟から物理的に距離がとれる。そして、家族以外の人たちとつながりを増やせる。

それだけでもずいぶん、私は息がしやすくなっていた。

〝仕事の幅を広げるため〟という大義名分があるにせよ、シェアオフィス利用の決め手は、本当は家から逃げたかったから。これが大きかった。

母と過ごせる時間が残り限られている、という思いや、母の負担を減らさねばという気持ちもあった。けれども「24時間顔を突き合わせて家にいればよかった」という後悔はない。母もそんなことは望んでいなかったように思う。

当時の私はいくつものいらだちと戦っていた。いらだちの相手は、父であり、時に母でもあり、そして、紛れもなく自分。だからこそ家庭以外の居場所が欲しかったのだ。

父の認知症、母のがん、婚約解消。つらいときに私を助けてくれたこと

吐き出せない想い

「久しぶりにごはんでも行かない？」

数か月会っていなかっただけで、私の身の回りでは急速に様々なことが起きていた。気の置けない女友達に、すべてを話して聞いてもらおう、と思った。

しばらくお互いの仕事や恋愛の話、私もシェアオフィスに入ったという話をした。それから、父の介護の話を、母のがんの話を……。しようと思ったのに、なぜか切り出せない。明るい話をすればするほど、暗い空気にしてしまう話題に切り替えることが怖かった。

「久しぶりに話せてよかった。仕事頑張ってね」

「うん、ありがとう。またね」

ああ、言えなかったな……と、帰り道に思う。

今の私の気持ちをすべて吐露したい。だけど、自分の話をいきなり切り出すには、今私の抱えているものは重すぎる気がする。私の同世代ならなおさらで、いきなり介護の話や病気の話をされたって、引かれてしまうんじゃないか……という不安は常につきまとう。

自分の頭の中に渦巻いているものを、誰かに話したら楽になるのだろうか？ それすら、自分では判断がつかない。一つ話し始めたら泣き出して、とめどなく話してしまいそうなギリギリさを常に抱えていた。聞く側に負担がかかるのではないかと思うと、無意識に口をつぐんでしまう。

だからこそ、シェアオフィスを利用するのと同じ頃に始めていたことがある。

それは、〝書くこと〟だった。

SNSではシェアできない感情

ここ数年の私は、人生の中で、父に一番冷たい態度をとるようになってしまっている。日々同じ質問をされたり、身の回りのことができなくなっていく父に対して、毎日穏やかな言葉を選んでやさしく説明してあげることがなかなかできない。

一緒に夕飯を食べていると父が、目の前でついているテレビの話をしてくる。そして10分間のうちに、「この人、誰だっけ？」と同じ人のことを何度も聞いてきて、うんざりしてしまう。病気の症状だと頭でわかっていながらも、寛容になれない自分に強い嫌悪を感じていた。

今まで私には大きな反抗期がなく、「洗濯物、一緒に洗わないで！」という時期もなかった。だからこそ自分が父にそんな冷たい態度をとるようになっていることが信じられなかった。父の病気は認めているつもりでも、進行していく病状の一つ一つは、なかなか受け入れがたい。

両親の病気について、ＳＮＳに書いてみようか、とも思った。本当は、「私はこういうことで悩んでます」と、大きな声で言いたかった。有効な助言がもらえるかもしれないし。でも言えなかった。

友人の話題は、育児のことや仕事のこと、美味しかったごはんのこと、旅行のこと。少なくとも身の回りで「両親の介護」について書いている人、話している人はいない。

共感してほしい気持ちはありながら、同情を引こうとしていると見られたらどうしよう。何を言われても傷つきそうだったからこそ、一つでも自分に被害が及ぶような行動をとる気力はなかった。

その代わりに私は、行き場のない自分の心情と、その日起こった出来事の記録を、携帯電話のメモでぽちぽちとつけていった。

家の中でも、電車の中でも。何か思うことがあったときに、誰にも見られることのない

世界で、無心で書く。数日後に見返して、「ああ、こんなことを思っていたのね」と、他人事のように見つめる。

それが自分の本音と対話する唯一の手段だった。

「これは到底ＳＮＳにアップできないなぁ」ということを書くことで、気持ちを吐露していたのだ。

〝書く〟ことの効能

つらい想いは、〝発散〟した方がいい。スポーツやカラオケ、その他の趣味に打ち込む……など手段は色々あるにせよ、私にとっては〝書く〟ことだった。

加えて、〝書く〟ことの重要性は、発散以外にもう一つあった。

それは、〝今自分の目の前で何が起こっているかを知る〟ことだった。

婚約解消・認知症の父へのいらだち・母のがん発覚。立て続けに様々な出来事が起こった私の頭は、とにかく混沌《こんとん》としていた。今「つらい」と感じる理由がどこにあるのか、その輪郭が見えない状態もつらかった。

毎日を過ごす中では、度々起きる小さな事件も、記録しなければそれきりで忘れてしまう。いらだちの原因は忘れてしまうが、ネガティブな感情だけが積み重なってしまうのだ。

その小さな事件を書いておくと、「3日前に○○の事件があり、今日も●●という新たな事件があった……」と把握できる。そうすると、「そりゃイライラするよね」と自分に言うことができるのだ。

父のことを家族に愚痴っても、息苦しさが蔓延《まんえん》するだけ。それならせめて、自分で自分に「ドンマイ」と声をかけてあげられるようにする。意識していたわけではないが、〝書く〟ことは自分の気持ちを客観視して励ます材料も私に与えてくれた。

父が忘れるなら、私が父を覚えていたい

もともと父は大雑把で、贅沢で、わがままで、怒りっぽい。だけど家族思いで、やさしい性格。

認知症があらゆることを忘れさせる病気だとしたら、父は、自分自身のことも忘れていくということだ。

だからこそ私は、病気以前の父のことも忘れないでおきたい、とも思った。

認知症という病気がもたらす父の言動には、「なーにいってんだか」とつっこまずにはいられない、ちょっと笑えることも確かにある。だけど笑えない瞬間は増えている。父の笑える言動も書き留め、のちに漫画も描いた。それは、これ以上父を嫌いになりたくなくて、自分が笑えるようになりたかったからだ。


そんな経緯で私が書きなぐったメモは、愚痴の羅列のような、苦しい日記も多い。だけど母の病気の発覚をきっかけに、〝母がいなくなる〟予感をずしりと受け止めたときから、私は〝今ある当たり前が当たり前じゃなくなる〟という意識を強く持つようになった。

今日という日がつらかったとしても、こういうこともあったな、と懐かしく振り返る日がきっとくる。そのときにはもう母がいないかもしれない。父もいないかもしれない。だったら今書いておかなければいけない。その使命感もギリギリ私を支えていた。

〝書く〟ことで、自分にしか見えない本音に出会うにつれ、不思議と抱き始めた感情がある。それは、「こういう想いをしている人、きっと他にもいるだろうな」ということだ。一見順調に見える人でもそれぞれに、きっと日々の生活に奮闘しているのだろう。たとえば家族の病気、障害、死、仕事のつらさ、子育ての苦悩、夫婦間の危機。そういうものは、ＳＮＳではシェアされにくい。

そして私は、誰かの知らない苦労にも想いを馳《は》せるようになった。

きっと私だけではない。誰かにも似た想いがあるだろう。そんな人たちはどのようにその気持ちを消化しているのだろうか？

今、もしも誰にも吐き出せない想いを抱え

ている人がいたら、誰かに見せる前提でなく、自分だけのために、誰にも見られない場所でいいから、書いてほしい。ノートへのなぐり書きでもいい。文章でなくてもいい、自分の心地よい手段でいい。そうすることでほんの少し、今よりも楽になることがあるかもしれないから。

2. 2017

母のがんが発覚

医師に止められているお酒を

勝手に飲んで、没収された父

1

そして今あきらかに

私のお茶を狙っている

2

3

4

番外編

父との入浴戦争

「認知症の苦労あるある」の代表格は、〝入浴拒否〟だろう。例にもれず父も入浴を億劫がるようになり、我が家では頻繁に大規模な入浴戦争が起きていた。拒否するだけでなく、そこに〝すぐ忘れる〟性質が加わるからたちが悪い。激しいけんかの末に、お風呂上がりにさっぱりした父を横目に、家族はぐったりと疲れている。入浴戦争は、おそらく泥試合以外ありえない。戦争反対。

もしも、父が自力で湯船から出てこられなくなったら？　足を滑らせて浴室で転倒したら？　裸の父を私が抱えなければいけないとしたら？　それは物理的な危険をはらむと同時に、私と父の間の越えてはいけない一線だった。

日々最前線に立たされていた私たちは、数年越しに、デイサービスでの入浴介助をお願いすることを決意した。はじめての入浴介助を終えた日、家まで父を送ってくれたデイサービスのスタッフさんは「入浴、問題なかったですよ！」と明るく言い放った。突然の入浴戦争終戦宣言に、拍子抜けしてしまった。

この日を境に、私や母は毎日の戦争から解放され、私は、「裸の父を介助しなければならないのだろうか」という不安の最前線から解放されたのだ。葛藤している時間は長く感じるけれど、実際荷を下ろす瞬間というのはあっけない。

2. 2017

母のがんが発覚

3.
2017

父の進化が止まらない

認知症の父が失った「確かなもの」

２０２０年１月に、ＮＨＫスペシャル「認知症の第一人者が認知症になった」という番組が放映された。

認知症医療の第一人者であり、〝痴呆〟という呼称を〝認知症〟に変更した長谷川和夫さん。ご自身が認知症になったことを公表し、その後の生活を追ったドキュメンタリーだ。

その中で、長谷川さんの日記にあった英語の走り書きが強く印象に残った。

Where are you?
Where am I?
Where is Mizuko?

Mizuko ＝瑞子さんは長谷川さんの妻である。

一瞬で、これは父が書いたのではないかと錯覚するくらいに、スッと心に入ってきた。

そして、気がつけば私は番組を見ながら、ボロボロと泣いていた。

長谷川さんは、自身の認知症についてこう話す。

「いつも確認していなくちゃいけないような、そういう感じ。自分自身が壊れていきつつあることは、別な感覚でわかっている。十分にわかっているつもりではないけども、ほのかにわかっている。確かさ、確かさっていう生活の観念が。生きている上での確かさが少なくなってきたように思うんだよね」

〝生きている上での確かさが少なくなってきた〟

――その言葉が、強く私の耳に響いて、残った。

〝確かさ〟って、なんだろう？

番組を見終わっても、その単語はしばらく私の頭に張り付いていた。

そして私は、改めて父のことを思い出していた。

「確かさ」を与えてくれる人

父は、家の中でいつも母のことを探していた。

一緒にごはんを食べた後、父はそのままリビングでテレビを見続け、母は自分の部屋に戻る。それが大体、日々の習慣になっていた。

そして、20分ほどすると、父が母の部屋をノックして、「いるの？」と覗く。それも日課の一つになりつつあった。さっきまで一緒にいたことも、もう父にとっては確かではない。父にとって、今目の前にいない人は〝消えた人〟になる。

〝妻が消えた。一体どこにいるのだろう？　そもそも家にいなかったんだっけ？　僕は一人だったんだっけ？〟

色々な〝？〟で埋め尽くされては、いてもたってもいられなくなり、家の中で母を探し始めるのだろう。母の姿を確認すると、「あ、いたのか」と安堵《あんど》したように、部屋の扉を閉める。

長谷川さんは、長年身の回りの世話をしてくれている妻の瑞子さんについてこう話していた。

「朝起きて『今日は何をするんだろうな』『おれは今どこにいるのかな』、自分自身のあり方がはっきりしない。で、彼女が側にいて朝、言葉を交わしてくれる。『おはよう、調子はどう？　よく眠れた？』。お互いにそういう言葉を交わし合ったりするんだけど、それで『あっ、大丈夫なんだな、良かった』、だんだん（不安が）薄れていって、確かさが戻ってくる」

自分自身のあり方がはっきりしない。そのときに目の前に瑞子さんがいるということが、長谷川さんに確かさを与えてくれるという。

父の「いるの？」にも、そういう意味合いがあったのだろうか。

だからこそ、母のがん発覚後、２０１７年７月に検査入院をしたとき、〝母が家にいない〟という事実は父に大きなショックを与えた。目の前にいない母を探して、父が〝お見舞いに行かなければ〟という思いを持つのは当然のことだった。

父の叶わぬ願い

その日は入院中の母の体調が安定しなかったため、私は急きょ予定を変更し病院へ行くことにした。すると出がけに父が、「おれ、今日お母さんの病院に行こうと思うんだけど」と、決意したように言ってきた。服も珍しく朝から自分で着替えている。

外は炎天下だし、病院も把握していない父が、一人で行くのは不可能だ。調子が安定しない母に父を会わせるのは母への負担も大きい。私が今一緒に連れて行ったとしても、病院の後に予定もあるので、父を連れては帰れない。

「今日は無理だよ、今度一緒に行こう」。先を急いでいた私は手短に答える。

「一人で行けるから大丈夫」と食い下がる父。

「いや、無理だよ、病院の場所もわからないでしょう」

「教えてくれれば行けるよ！　どこだよ？」

何度かの押し問答の末、時間が迫り説得も煩わしくなり、私は病院名も告げないままに「もう知らない、勝手に行けば？」と吐き捨て、さっさと出かけた。そう言ってはきたものの、気がかりだった。今まで徘徊《はいかい》はしたことがない父だが、本当に一人で行こうとしたらどうしよう。気になってしょうがなかった。

『となりのトトロ』みたいだ、と思った。メイちゃんだって、ただ病院にいるお母さんに会いに行きたいだけだ。少し不安はあるが、自分で行けるとも思っている。父だって行きたいのに、自分で行けると思っているのに、行かせてもらえないのだ。

結局父は一人で病院に向かうことはなく、メイちゃんのように迷子にはならなかった。行き方がわからない不安を感じて、自分で出かけるのはためらったのかもしれない。あるいは、出かけようとした数分後には、行きたいと思っていたこと自体も忘れたのかもしれない。

うん、忘れてくれてよかった、と思う半面、行きたくても、行きたかったことすら忘れてしまうのかと思うと、いたたまれない気持ちになる。行かせなかったのは私なのに。

「確かさ」を求めて

突然父が、小学校の同級生の〝小林くん〟の話をし始めた。

「小林くんとは、昔チャンバラごっこをしたんだよ。笑いが止まらなくなるくらい毎日楽しかったなあ……元気にしてるのかなあ」

もちろん知らない時代の話だし、父は昔の話をよく繰り返すので、そのときは聞き流していた。

父は自分の寝室に行ったかと思えば、数時間後、何かを手にしてリビングに戻ってきた。リビングのテーブルにそれが置きっぱなしになっていたのでふと目をやると、それは寝室に転がっていたらしい、異国の写真つきのポストカードだった。父は、小林くん宛に手紙を書いていた。

「小林くん　僕はあの頃のキミに会いたくて、会いたくて、想い出しては涙してます。キミは何処にいるのでしょう。」

短い手紙だった。

父は昔からくせ字だったが、その文字は以前にも増して歪んでいた。

手紙を読んだ途端、父のもどかしい思いが一気に流れ込んできて、一瞬、息ができなくなった。父の言葉はあまりにもまっすぐで、純粋だった。

住所も何も書いていないハガキが届くわけはない。

小林くんが実在するのかどうかもわからない。

けれど父は今、小学校の楽しかった思い出を反芻《はんすう》しては、目の前にいない人のことを探しまわっている。

小林くんに会いたいのに会えない。どうやって会いに行けばいいのかもわからない。

でも、私には疑問だった。今まで父から小林くんの話を聞いたことは一度もない。彼は父にとってそんなにも大事な存在だったのだろうか？

本当は、父が涙するほど会いたいのは、今、目の前にいない母なんじゃないだろうか？

数日前、母に会いに出かけようとしていたこと自体、もう父は覚えていないかもしれない。だけどもしも、「母に会いに行けなかった」気持ちだけは父に残っていたとしたら？

本当のことはわからないし、想像に過ぎない。けれど、〝確か〟な存在である母が、目の前にいないということ。それは、真っ暗な部屋の中、前も後ろも見えない状態で、たった一人ぽつんと立たされているみたいな、そんな心細さを父に与えていたのではないか。

手紙の中の父が、迷子になった小学生のように見えた。それも高学年ではなく、まだ1年生くらいに心もとない。小林くんと同じくらい幼い父が、不安そうに泣いている姿が目に浮かぶ。〝確か〟な存在を失った父は、私の想像を超えてはるかに、大きな不安を抱えているのではないだろうか。

暮らしの中で、父は、自分の病気を認めない言動をする。だからこそ日々戦争が起きて、家族ばかりが父の認知症に振り回されているような気持ちになる。〝なんで本人はわかってないんだ！〟と、責めたくもなってしまう。

だけど、誰よりも病気に苦しめられているのは父自身だ。本当は、父も自分が病気であることをきちんと感じていたのだ。

ふだんの生活ではうまく言葉にできない父の思いが、この短い手紙に詰まっている気がした。

Where are you?
Where am I?
Where is Mizuko?

長谷川さんの言葉が、父と重なる。
こんな悲しい手紙は、父の目にもう入らないように、自分の引き出しにそっとしまった。

ギリギリの介護家族を支える命綱

家族での介護の限界

２０１７年の夏。

母のがんが発覚して間もない頃、私は焦っていた。父の認知症は進行している。母は検査入院中で、治療の方針も定まらない。しかも私は両親と同居しながら、フリーで仕事をしている。

母がいれば、父の介護は母が頑張ってくれるだろう。なんとなくそんな認識でいた私に、不意に迫った命題。それは、〝この先母なしでどうやって父を介護していくか〟ということだった。

アルツハイマー型認知症の診断がおりて以来、主治医からは、「要介護認定を受けた方がいい」と勧められていた。結局、母の病気の発覚が後押しする形で、私は〝要介護認定〟へ向かって走り出すことになる。

しかしそれは、私にとって、まったく未知の世界。

そもそも〝要介護認定〟ってなんなの？　介護サービスって、具体的に何が受けられるのだろう？

それを父は、素直に受け入れてくれるだろうか？

様々な疑問も不安もあったが、それ以上に、〝家族以外の協力者がいなければ、この先がまずいぞ〟という肌感覚が私を強く突き動かしていた。


まずは、〝地域包括支援センター〟へ。私の住む地区では、それが要介護認定への第一歩のようだった。窓口のおばさまに促されるままに〝要介護認定〟の手続き書類を記入していると、こう聞かれた。

「今後福祉サービスを利用するにあたって、ケアマネジャーが必要になります。つながりのある方や紹介してくれそうな事業所さんはいますか？」


〝ケアマネジャー（介護支援専門員）〟は、いわば、父の介護にまつわる計画をまとめてくれ、今後受ける介護サービスとの橋渡しをしてくれる存在だ。私には何も思い当たるつながりがなかった。「どこかおすすめはありますか？」と聞くと、おばさまは「ここがいいかもしれません」と、ある事業所の電話番号を教えてくれた。話を早く進めたかった私は、その場ですぐに電話し、数日後ケアマネジャーさんの自宅訪問が決まった。

そして約束の日、ケアマネジャーさんが家に来てくれた。

ケアマネジャーさんの存在がありがたい

父も同席しつつ、私は聞かれるがままに、洗いざらい、父や家族の状況を話した。話し始めると思いがあふれ出して止まらず、次から次へと口から出てきた。

母の病気についてのこと。今後が不安であること。今の生活の流れや、父の介護にまつわる困りごと……。些細な出来事の一つ一つまで、誰かに聞いてもらっている嬉しさと、具体的な解決に一緒に向かってくれるという安心感で、気がつけば私は少し泣いていた。話を受け止めてくれるケアマネジャーさんの存在が、もう初日から、すでにありがたかった。

ケアマネジャーさんは私の話を聴いてメモを取りながら、「本当に大変でしたね」とうなずく。隣にいながらも話についていけずポカンとしている父にも、こまめに話しかけてくれていた。そして要介護認定について、丁寧な口調で説明してくれた。

「お父様の状況を考えると、〝要介護1〟の認定があると、希望するサービスが使えそうです。ただ、介護度が、『要支援』となるか、『要介護』となるかによって、使用できる施設の条件や日数など、受けられるサービスが大きく違ってくるんです」

私は、気になっていた母のことも聞いてみた。

「〝がん〟の診断を受けているのですが、母は対象にならないのでしょうか?」

「がんは〝末期のがん〟でないと該当しないんですよね……」

これから治療を控える母の状況では、おそらく当てはまらないだろうとのことだった。

「あと、同居家族がいる場合は料理を作る、掃除をするなどの家事的な介助をしてもらうことはできないんです」

「ええっ……。そうなんですね……」

父の食事提供などをヘルパーさんに頼めるのではないかと思っていた私は、少しがっかりした。極端な話、ステージⅣだが末期ではない母と認知症の父が、仮に二人暮らしだったとしても、家事の介助はないということか……と思うと、なかなか殺生な話だ。

ただ、配達のお弁当を頼んだり、あらかじめ食事を作り冷蔵庫に入れておけば、それを適切な時間に提供してもらうことはできるので、父の食事時間に合わせて仕事を切り上げて帰宅する必要はなくなる。何を頼めて、何が頼めないのかを知っておけば、解決策はあるものだ。

要介護認定を勝ち取れ

ケアマネジャーさんの訪問から数日後、ついに、はじめての認定調査の日がやってきた。私は〝要介護を勝ち取らねば！〟と燃えていた。なるべく状態が悪いように見せたいから、父がぼうっとした返しをしてくれますように……。そんな邪なことを祈っていると、家のチャイムが鳴った。

ドアを開けると、スーツ姿の認定員。男女3名ほどだっただろうか。決して怖い表情ではないが、今後の介護サービスを受けるにあたって大事な日だと思うと、私は一気に緊張してきた。

3. 2017
父の進化が止まらない

申し込み時の資料などで父や我が家の状況は認定員には共有されているが、改めて私は家族について、訴えるように説明した。それから認定員はマニュアル通りに、いくつか父に直接質問していく。

よく聞く話だが、当事者はこういうときになぜか張り切ってしまう。そういえば父は敏腕営業マンだったこともあって、プレゼンや本番に強いタイプだった。よりによって今日、特技を発揮されても困るのだが……。

ちょうど1か月ほど経った頃、ついに結果の通知と介護保険被保険者証（介護保険証）が届いた。

かくして、私は味方を手に入れ、父の介護は、チーム戦になった。

本当の意味で〝一人で介護するのではない〟と、思えるようになってきた。

手続きの方法は一つではなく、
市区町村によっても異なります。
お住まいの市区町村の窓口にご相談ください。

父を嫌いにならないために

父の進化が目まぐるしい

「おれ、昔、天気の中継レポートしたことあったなあ」。ごはんを食べながら、父が言った。テレビでは、レインコートを着たキャスターが暴風雨に晒《さら》されながら台風中継をしている。

「ええ？　何それ？　お父さん、テレビの仕事なんかしたことないでしょ。天気も関係ないし」

すかさずツッコミを入れても、父はゆずらない。

「いや……、でもなんか、したことあったよなぁ」

ほとんど一日中テレビを見て過ごしている父は、現実とテレビの内容が錯綜して、混乱しているような言動がちらほら見られるようになった。

ふと、父の〝進化〟があまりに目まぐるしいことに気がつく。

3. 2017
父の進化が止まらない

今、２０１７年の秋、架空の天気中継レポートを懐かしがっている父と、1年前の父はまるで別人だ。2年前、5年前、10年前とさかのぼれば、今と様々なことが違いすぎて驚く。目の前にいる父の姿ばかり見ていると、気がつけばかつての父がどんどん〝認知症の父〟で上書き更新されていく。

4年前の父は、フロリダで単身赴任をしていた。

3年前は、もう働かなくていいんだと喜びながら、本を買い集め、手話教室に通い、ギターを始めようとしたりするアクティブなご隠居さんで、ジム通いもしていた。（トレーナーとの約束は無数にすっぽかしていた）

2年前は家族で海外旅行にも行った。

1年前、認知症の診断がおりた頃は、母の助けを借りながら英語でフランス語を学ぶ教室に通っていた。映画に行こうと誘えば一緒に電車に乗って出かけたり、休み休みでも街を歩いたり、買い物することもできた。

今目の前にいる父は、どうだろう。外出する機会はめっきり減り、ずっと家にいて、寝てるかテレビを見ているか。脚力も衰え、徒歩15分の駅まで歩くことも難しくなってきた。6年前にさかのぼってみて、ようやく〝かつての父〟にたどり着く。たった6年、されど6年の間に、父はどれくらい変わったのだろうか。

家族の会話に入れない父

父はいつだって、私にやさしかった。だけどいつの間にか私は、父にやさしくできなくなっていた。

父に話しかけることも、父から話しかけられることも煩わしくなるまでになっていた。要介護認定を取得し、介護サービスを利用できるようになって、負担も以前より減ったはずなのに。この状況はなかなか打開できない。それが一番、苦しかった。

一度、想像してみてほしい。仮に自分の親が、毎日毎日、同じ話を繰り返すようになったら、それを、寛容に聞き続けられるだろうか？

今日、明日まで、いや2週間くらいまでなら、広い心で答えられるかもしれない。だけど毎日毎日、1か月先も2か月先も、ずっと同じで、変わることはなかったら？　いつでも同じように聞いて、きちんと返事ができるだろうか？

父が記憶を維持できる周期は、1時間になり、30分、10分になり、同じ内容がループするようになった。

たとえば私が、どんな仕事をしてどんな生活をしているか。今日出かけていたのか家にいたのか。そんなことは、今の父には把握できない。仲間はずれにしているつもりもないが、母や私が盛り上がって話していると、父はなかなか話についてこられず、無口になる。私も母も、父との会話に興味を失い、父もまた私たちの会話に興味を失ったのだろうか。家族の会話よりもテレビを優先して、テレビの音量を大きくしては、また口論になる。

父からの話題は自ずと、目の前でやっているテレビの話に限られる。特に私が見たいわけでもないテレビ番組を見ながら、知らないタレントの名前を聞かれたところで、答える気になれない。私はまるで遅れてきた反抗期のように、聞こえないふりをするなど、相手をしないようになっていた。

好奇心にあふれ、深掘りされて転がっていく、父との楽しくテンポいい会話は、もう戻ってこない。繰り返しばかりの父との会話は、まるで壊れたテレビのように、色あせて見えた。私は、そんな父の変化を受け入れきれない悲しさを、目の前の父にいらだちとしてぶつけてしまっていた。わがまま娘の八つ当たりだったのだろう。間違っているとは思いながら、当時の私にはそうするしかなかった。

おしっこのにおいがこびりつかないように

父は、たまにトイレを失敗するようになった。ちゃんとトイレに行って便器には向かっているが、的を外しておしっこを大量にこぼしてしまう、という類の失敗だった。

この日は、立て続けにトイレを2回失敗した。1回めは便器の周りに水たまりができていたが、拭いた形跡はなかったようで、母が注意したらしい。2回めは、どうやら自分で拭いた形跡があったが、失敗は見た目にもにおいにも明らかだった。それを発見した私はゴム手袋をつけて、触れてしまわぬように気をつけながら、厚手のクリーナーでしっかりと床や便器を拭いた。

尿のにおいというのは思いの外強い。触れていないのに、こびりついてしまう感じがするのだ。手にも、体にも。自分の体にじわじわと染み込んで取れなくなるんじゃないか。そんな錯覚を覚えた。

これは、嫌だ……と思った。

嫌だなんて言っていられないかもしれないけれど、嫌なもんは嫌だ。

私にはまだ、父のトイレ始末をする〝準備〟はできていない。

しかし私がやらなければ、母が処理することになる。気がついた人がやらなければならない。

今後、母がいなくなったら……？

父のトイレの失敗がどんどん続いたら……悪化したら……？

そして32歳の私は、直感で思った。私がオムツをかえるなら、父じゃなくて自分の子供がいい。なぜ私は、我が子じゃなくて父のおしっこの心配をしているのだろう？　結婚も育児もしていない私は、自分に情けなさも感じた。

介護は、〝嫌〟なことにも対処しなければならない場面が、どうしても出てくる。だけど〝嫌とも言っていられない〟と思いすぎると、おそらく自分が壊れてしまうことも感じていた。幸い、それからしばらく、トイレ問題はたまに起こる程度で、私は〝嫌〟なことと対峙し続けずに済んだ。父の本能が死守してくれていたのだろうか。よく持ちこたえてくれていた。

〝行きたくない〟とたまに文句を言いながらもデイサービスに通い続けてくれたことも、家族を守ってくれた大きな一因だった。

そのときの父は、自分の言葉ではうまく説明できなくとも、家族のために、自分ができるベストを体現してくれていたように思う。父なりに、家族を守ってくれていたのだ。

父の認知症は、ゆっくりと時間をかけて、要介護度という階段を上がっていく。そのすぐ横で、母のがんは、階段を何段も飛ばしながら急速に駆け上がっていた。

母が向かっているその先を、私はいつまでも、わかりたくなかった。

3. 2017

父の進化が止まらない

ケアマネジャーさんは
月に1回、自宅を訪問してくれる

話についていけない父を横目に
着々と介護手続きを進めていくが

1

2

その後、ケアマネジャーさんが
帰って、部屋に戻ると

3

普段は全然しないのに、父が
洗濯物をたたんでいて驚いた

自分に今できることだと
思ったのだろうか

4

なんだかんだで甲斐甲斐しい

父は可愛い人なのだ

番外編　父の日記から

父の部屋からは、使いかけのノートが何冊も発見された。私もよくノートを増やしがちなタイプではあるのだが、父の場合はとにかく目の前にあるノートにどんどん加筆していくので、時系列は不規則ながら何冊にもまたがって日記をつけていた。

父のメモには、「南アフリカに行こう」と何度か書かれていた。テレビで見たか新聞で読んだかで、行きたいと思ったのだろう。一度書いた過去のメモを見返すたびに思い出しては、「旅行の計画を立てよう」「妻を説得しよう」「お金を工面しよう」などと別日に、複数ページにわたって書き連ねている。この頃の父は要介護1がついた頃で、父主導の南アフリカ行きは現実的なものではなかった。しかし母との二人旅を想定して「最後のゼイタクをしよう」と書いていた父は、自在に動ける時間が限られていることは自覚していたのだ。せめて今父の心の中で、母と二人で南アフリカを仲良く旅してくれていないだろうかと、勝手なことを思う。

3. 2017

父の進化が止まらない

父の日記には
たくさんの
走り書きがある

ふだん口にしない弱気なことも
日記には書いている

※本人の表記に沿って書いています

1

2

父の祖母は認知症だった。
そのことは父もよく覚えている

本日は12月の18日だったかな？
なんでこんなに物事を覚えて
いられないのか。
Oさん（祖母）の遺伝かなって自分で
納得している。けど、多分はこれ
自分のなかで起きている事。
前の世代の人々からの伝わり
ではないな。

遺伝なのだろうか、いや自分の
ものだろうか。自分の納得できる
理由を探しているようにも見える

3

どうしましょう。なにも、
なんだか よくわかりません。
~~ポン~~ ホントにアホに
なったのかな…？

「確かさが少なくなってきた」
父の言葉で言うと、
こういうことなのだろうか

4

たしか本日は2月20日。
僕の部屋からカレンダーが消えた。
最近、よくものがなくなる、というか
発見できなくなるのは物忘れが
原因かな。『OOO』第二巻が
2冊もあるのは明らかに二重購入。
こういう事がふえて物が発見
できなくなったら、いよいよアルツやな！

自覚はあるが、どこか他人事に
思いたいように見える

このときには
診断はもうおりてるんだけどね

4.
2017 ～ 2018

母はどこへ行く

死を目前にした最後の親子旅行

そして抗がん剤治療は続く

2018年1月、2種類目の抗がん剤で、母の髪の毛が抜けた。本人には私の想像を超えるショックがあっただろうし、気も滅入ったと思う。しかし母は、ものすごく落ち込んでいるという様子を見せなかった。夏場でも家族の前で帽子を脱がず、外出時にはかつらを着用していた。

寝ているときにふと帽子を外したところを見たときは、こちらも思わず目をそらして見ないふりをした。家族にだって、見せたくない姿はあるだろうと思ったし、何よりも私が見たくなかったのかもしれない。

しかし母の体を蝕《むしば》むものは、次第に隠せないものになっていく。

6月、3種類目の抗がん剤に移行したとき、母を大いに悩ませたのは、吹き出物や、皮膚のただれの副作用だ。薬を変えるごとに変わる副作用に対応し、体を維持するための薬がまた増えていく。湿疹をかいてしまい、洋服にはうっすら血がつくのが日常になった。指先もひび割れ、水に触るのがつらいと言う。

元より、点滴を受けた直後の2～3日ほどは、副作用が強く出るため寝込みがちだったが、この頃になると点滴後の回復が徐々に遅くなり、1週間近く寝込むようになってきた。疲れやすくなり、体の痛みを感じて横になる時間も増える。腹痛や倦怠《けんたい》感のせいか食も細り、食べられるものが徐々に限られてきた。本来がんの症状を抑えるはずの抗がん剤なのに、母をベッドから起き上がりづらくしているのは、薬の副作用のせいなんじゃないか？　とも思わされる。

そうは言っても、経過を見なければ薬ががんに効いているのかもわからず、試す価値のある抗がん剤があるうちは、投薬を続けるしかなかった。現状を覆して新しい治療法を探す余力は私たちにも母にも残っておらず、また投薬を諦めることは絶望を意味する気がして怖かった。助けを求めるでもなく、ただ一人で痛みや痒みと闘う母を前に、私は無力感を募らせていた。

抗がん剤治療が続く中でも、母は基本的に家事をしてくれていた。父がデイサービスに通うための朝の準備や送り出しも、帰ってきた父を迎え入れて夕飯を準備するのも母だった。寝込みがちな日々でも、それだけはと、だるそうな体を引きずって遂行する。母は〝母〟として、〝妻〟としての責務を、いつも全うしようとしていた。

それでもいつか来る〝Xデー〟の恐怖がいよいよ差し迫っているようで、母との時間を大切にしなければという思いは高まるばかりだった。

本当に最後の親子旅行

10月のある日、私は、ここ数か月を費やしてきた大きな仕事が一つ終わって、倒れ込むように早寝をした。するとその翌朝は、やけに早起きしてしまった。その日は気分が良かったし、妙にテンションが上がっていた。

そして勢いよく母に提案し、私たちは急きょ、温泉旅行に出かけることになった。あろうことか、父も連れて3人で。

4. 2017 〜 2018

母はどこへ行く

翌朝、どうしても海を近くで見たくなって、ホテルから海岸まで10分の道を3人で一緒に歩いた。歩きたくない父は「もう帰ろうよ」と繰り返すが、私と母は聞く耳を持たず、いつになくはしゃいで、写真もたくさん撮った。強い強い風が吹いていて、何度も帽子を吹き飛ばされそうになった。

帰りはホテルまでの道すがら、坂道の途中で、どうしても父の足が進まなくなってしまった。前にも後ろにも進めなくなった父を、休み休みなんとか引き上げるようにしてホテルについた頃には私も母も汗だくで、笑った。結局このときもまだ母は〝世話をする〟側であって、〝される〟側ではなかった。

とにかくこのとき二人を連れて来られてよかった、と今でも思う。

これは孝行といえば孝行だし、自分が来たかったといえばそうだった。でも本当は何よりも、母の体調に関する、目を背けたいような謎の予感があった。こんな予感は大外れしてほしい。でも、今行かないと後悔するんじゃないか。そんな鬼気迫る予感が、この無茶な弾丸旅行を実現させた。

そして大外れしてほしい予感は、日を追うごとに確かさを増して、決して外れてはくれないのだった。

4. 2017 〜 2018

母はどこへ行く

旅先で、父は自分の居場所が
わからなくなるので

1

地名ではなく、「海or山」の
二択クイズで教えることにした

2

3

すると父が「海or山」クイズを
妙に気に入ってしまい

4

こちらへ出題してくるようになり

解答者を困らせるのだった

母親を亡くす、が意味するもの

抗がん剤をやめるか、やめないか

「肝臓のがんが大きくなっているのと、肺への転移が見られます」

弾丸旅行の翌月、11月最後の日。今回のCT検査の結果は芳しくなかった。4種類目の抗がん剤は、がんの進行を食い止めてくれていなかったのだ。

主治医からの診断結果を受け、母に同行した兄が聞いた。

「別の薬を試すのは有効なんでしょうか？」

「次の抗がん剤を試す価値はあります。ただ……はっきりした効果が出るとも言えない状況です」

主治医は、前向きな口調は変わらないものの、言葉を濁す。

「年を、越せないくらいなのでしょうか？」。見かねた母が、たずねた。

「そういう段階ではないですが、そうでないとも言えません」

煮え切らない答えだった。主語も述語も省かれていても、それが何を意味するかは誰しもがわかっていた。診察の後、母は、明確な答えをくれない主治医に少しいらだちながらぼやいた。

「年内って、まだ2か月くらいあるような気がしてたけど……考えてみたらもう12月になるんだから、1か月しかないじゃんね……」

お葬式、どうしようか

この日、病院へ行けなかった私と弟宛に、兄から検査結果を伝えるメッセージが来た。「今夜実家で、今後のことをみんなで話せる？」という連絡に「了解」と返信して、ため息をつく。

検査結果は、そう意外ではなかった。母は目に見えて弱っていたし、薬が効いて快方に向かっているとは思えない状況だったから、やはりと思ったものの、気は重かった。その日は一日中どこか上の空で、母のことばかり考えていた。

次の抗がん剤を試すか、やめるか。これから先、どうするか。その決断は、本人や家族が下すしかない。私は昨年、母の抗がん剤治療が始まる際に、主治医から言われた言葉を思い出していた。

「抗がん剤は効力も強い分、副作用による体への負担も大きいものです。緩和ケアも同時に行っていき、その薬ががんに効く効果よりも副作用のダメージが上回ったときは、緩和ケアに移ることをおすすめします。緩和ケアは、治療を諦めるというよりも、痛みを和らげる措置をしていくものです」

1年3か月前に聞いたときには、それは前向きな言葉に聞こえたし、なるほどそういうものかと納得した。ただ、いざその状況が目の前に迫ると、「母はその段階である」と認めるのは怖い。その決断は、死に向かっていく母を見送る態勢を取らなければいけないと、私に言ってきているような気がした。

帰宅途中、駐輪場にとめた自転車に乗って帰ろうとしたが、どうしても鍵が見つからない。自転車は目の前にあるのに、鍵がない。自分の所持品の中に絶対にあるはずのものなのに、カバンをひっくり返してもポケットを探っても、どうしても出てこない。そういう日って確かにあるが、何も今日じゃなくてもいいのに。

諦めて、とぼとぼと歩いて帰ることにした。家に着くまで一歩ずつ進む自分の足元を見ながら、私は、少しずつ覚悟を決めようとしていた。

一日でも、母に長く生きてほしいとは思う。だけど抗がん剤をこれ以上投与することが母の寿命を延ばすとも思えない。抗がん剤をやめたら、母の寿命は縮むのだろうか。それでも苦しみや痛みは、できる限り少なくしたい。

頭でははっきりと出ている結論も、一人で口に出すのは怖すぎた。

私よりも先に家に着いていた兄と、帰宅早々に話をし始めた。

抗がん剤は、もうやめどきかもしれない。でももう少し、頑張る余地はあるかもしれない……。結論は、行ったり来たりしていた。〝やめる〟方向に傾いてはいるものの、口に出して決めてしまうのが怖いような、モゴモゴとした気持ちを一旦脇において、兄は今後発生するであろう相続の話、父や母の介護、ホスピスのことなど、現実的な話に議論を進めた。私たちが考えるべきことは、あまりにもたくさんあった。

深刻な話を続けていると、父がテレビの音量を上げ始めた。いらついた私は、「今本当に大事な話をしてるから、そんなに見たいなら自分の部屋に行って！」と強く言った。

1年くらい前なら、父もわからないなりに質問を繰り返したり、母の面倒はおれがみる、といって聞かなかった。それが今、ここまで母についての話に入ってこなくなるとは思わなかった。本当に話を理解していないのか。あるいは、心が拒否しているのか、一体どっちなのだろうか。

翌朝早々、兄は仕事に出かけ、父をデイサービスへ送り出し、私は母と家で二人きりになった。午後、ゆっくりとソファに座り雑談していると、母がふと切り出した。

「お葬式、どうしようか」

私はうまく返事ができずに、微妙な相槌《あいづち》を打って、やり過ごそうとした。

「あー……うん」

「知り合いに頼むか、あるいは業者さんを頼むか……手配はある程度早くしておいた方がいいよ。おじさんは無宗教で、おじいちゃんはキリスト教式だったから……私はどうしようかな」

母は、一緒に考えてほしそうに、事務的な口調で、早口に言った。大事な話であると頭ではわかっていながら、それは私の耳を右から左へ通り過ぎていく。

「あ、遺影は、この写真がいいな。あ、こっちの方がいい？　どう思う？」

明るいトーンで、母は私に遺影候補の写真をどんどん送ってきていた。意見を求めてくる母を横目に、私はずっと生返事しかできない。

母が倒れ、入院することになったのは、その4日後のことだった。

母を亡くす準備はいつだってできていない

その日、私は近所に買い物に出ていた。ふと携帯電話を見ると、母から「さっき胸ぐるしかった」という不自然なメッセージ。慌てて家に帰ると、母は脂汗をかきながら痛みを訴えていた。

震える手で、すぐに救急車を呼んだ。救急隊員に状況を聞かれるが、うまく言葉が出ず、経験のないことばかりでとにかく焦る。何が必要なんだっけ……下着や服、薬も持っていかなければ……と思うのに、よくわからないものばかり持って、その場でうろうろするばかり。一方で母は痛がりながらも意識ははっきりしていて、「保険証用意して」と私に指示した。私よりもよっぽど冷静だった。

病院に到着して間もなく母は処置室に移され、その後伯母の聖子さんと兄と弟が続々と病院に駆けつけた。

少しして主治医が、慌ただしい様子で説明した。

「検査の結果、肝臓からの出血が見られるので、輸血と止血措置をする必要があります。この措置をすると、他の箇所から出血があったときに同じ処置ができない、というリスクがあります。でもこれをしなければもっと大きなリスクにつながります」

私たちはそれに同意して、緊急措置がとられることになった。

違う部屋に移される途中、ストレッチャーに乗せられた状態で、母が私に言った。消え入るような声だったけれど、はっきりと聞こえた。

「最後は白のブラウスで」

死に装束の話だ、とすぐにわかった。そして続けざまに言った。

「百合はやめて」

母は昔から、百合の花が嫌いだと言っていた。匂いと、花が落ちて汚れる感じが嫌らしい。

ずっと、葬式の心配をしているのだ。いつも身綺麗にして、こだわりの強い母らしいメッセージだった。

「わかった。でもまだだからね」

私はそう言って、母の頭を撫でた。涙がなかなか止まらない。

緊急措置を待つ間、連携プレーが功を奏し、母の姉が父を病院まで連れてきてくれた。待ち時間には、弟が買ってきてくれたおにぎりをみんなで食べる。こんなときでもお腹はすくし、私たちは食べなくてはならない。

思っていたよりも処置は早く済み、母が病室に戻ってきた。輸血をしたことで、顔色はさっきよりも少し良くなっていた。抗がん剤をやめるか、やめないか。その答えは、私たちが口で言うよりも早く、母の体が出していた。もう抗《あらが》うときではない。苦しみは、できるだけ取り除いてあげたい。心がついていかなくても、現実はそこまで押し寄せていた。

ああ。母がいなくなったら、私は、たった一人になってしまう。

兄弟もいるし、父もいる。親戚も友人もいてくれる。それはわかっている。

だけど、私にとって母を亡くすことは、無条件に応援し、支え、助けてくれ、気にかけてくれる人がいなくなるということだった。

私は一人になるんだ。思いたくないのに、そうとしか思えなかった。

長い長い一日を経て家に帰ると、台所には、今朝母が作ったかぶの味噌汁があった。それが、母の最期の手料理になった。

4. 2017 〜 2018

母はどこへ行く

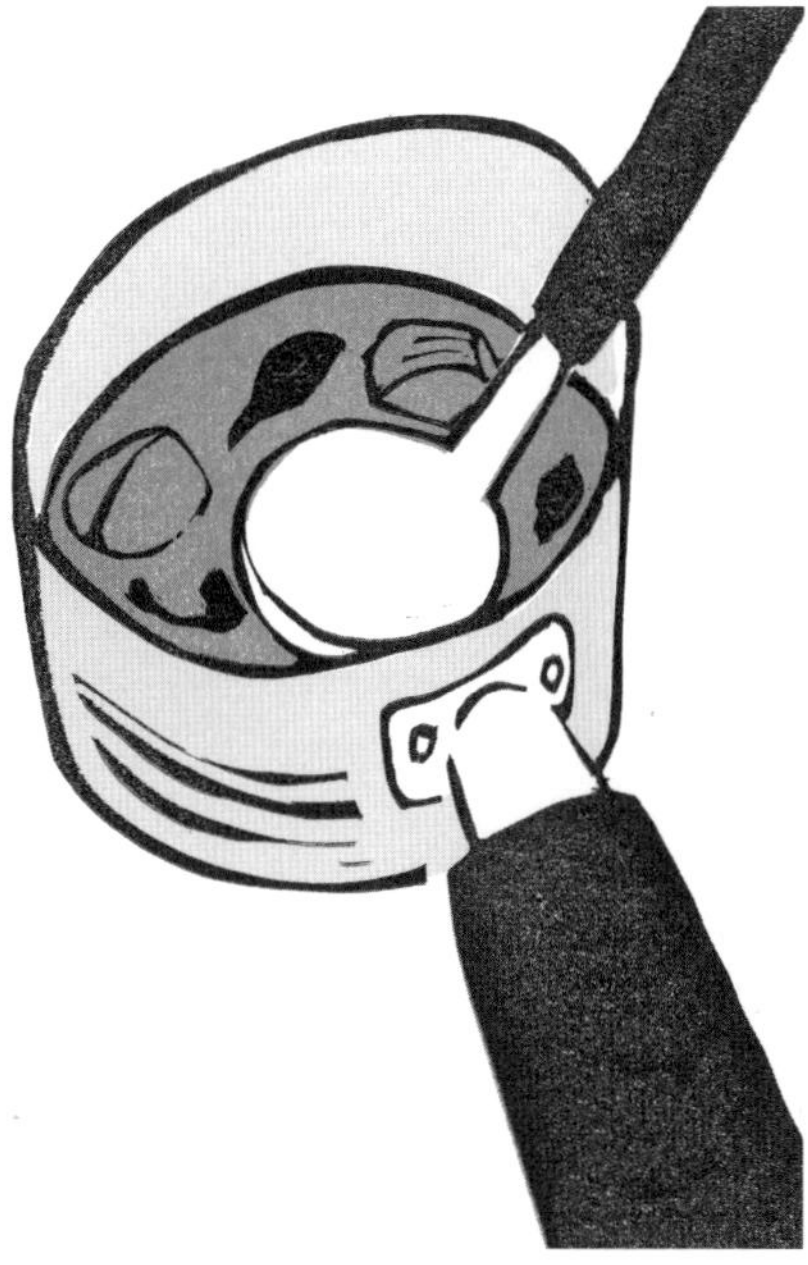

私が明日までに死んだら、どうする？

理想の最期ってなんだろう

２０１８年12月。いよいよ、最期の時が近い。母が緊急入院したことをきっかけに、私たちは一気に、その準備に舵を切らなければならなくなった。

残りの日々は、あと一体どれくらい残されているのだろう？

それは誰にもわからないことだった。

抗がん剤治療をやめた今、私たちが向き合うべき命題は、「母をどう看取《みと》るか」。私たち家族にはある一つの理想があった。思い出すのは母の父、つまり私の祖父の最期だ。

祖父はがんで、末期まで在宅で訪問看護を受けた後、２週間ほどホスピスで過ごした。日当たりのいいホスピスの部屋で、祖父を見送った日々のことは今でもよく覚えている。

祖父は徐々に話せなくなっていったが、その2週間のうちに子供や孫が入れ替わり立ち替わり訪れた。祖父を口実にして、まるで自宅のように人が集まっては、ワイワイと勝手に喋って帰っていく。穏やかながらにぎやかで、幸せな時間だった。

祖父はゆっくりと、みんなに「ありがとう」をつぶやくようにして、逝った。絵に描いたように完璧な最期だ。それを目の当たりにしていた私たち家族は、母の最期もホスピスでゆっくり噛みしめながら迎えようと思っていた。そうしたかったし、きっとそうなると信じ込んでもいた。

一日ごとに、母が変わっていく

入院する前から母の足はもうずいぶんとむくんでいたが、入院して以降いっそう進み、こんなに膨らむことができるのかと驚くほど、手足はパンパンになっていた。

病院に行くと、母の体のどこかをマッサージすることが日課になった。数10分、1時間以上やり続けても、きっとむくみや痛みはすぐに戻る。それでも母が、その間だけでも楽な表情をしてくれるので、私はマッサージを続ける。大人になってからこんな風に母に触れたことがなく、はじめにマッサージをしたときは少し照れた。兄や弟はいっそう気恥ずかしかっただろうが、弟が病院に来ていた日に寝てしまっていた母は、起きてから「マッサージしてもらえばよかった〜。1回分損した気分だわ」と嘆いていた。

母はこの1か月でずいぶん声を出しづらくなっていて、ささやくような話し方になっていた。入院当初は、音量以外は以前と変わらずテキパキとよく喋っていたが、1週間経つと母は徐々に力を失い、口数が減ってきた。

あるとき母がつぶやいた。

「そうだ、テレビの録画を頼まれていたんだっけ……」

それは入院中の現実にはありえない、うわごとだった。強い薬を投与しているせいで、母の頭の中が混線していたのだ。原因はわかっているけれど、これまでずっとシャキシャキと話してきた母が、ちぐはぐな言動を見せたのはこれがはじめてだった。これは母が子に見せたい姿ではないだろうと思うと、無性に泣きたくなる。母の中で何かが大きく変わってきている。そんな気がして、私はひどく動揺した。

さらに症状の悪化は容赦なく母を襲う。母のお腹は、腹水で日に日に膨らんできていた。いたたたた……と声を上げるほどの痛みの波と、痛み止めを投与してもなお耐えるしかないような苦しみが母を襲っていた。母を家に連れ戻したり、遠くの施設へ動かすことなど、もう到底できないような気がしていた。

母は一般病棟の大部屋から個室に移った。個室の居心地は悪くないが、一般病棟は基本的に家族が泊まり込める仕様になっていない。何よりも、痛みや苦しみを緩和させることに特化し、家族も泊まれる空間に一刻も早く母を移したかった。それでもまだ、ホスピ

スには空きがなかった。

祖父の最期の日々と比べると今は、倍速で過ぎていくようなスピード感だった。入院してからまだ1週間。はじめの4日間と比べても、ここ数日の母の病状は急速に進行していた。目の前で苦しむ母の状況は、イメージしているあの最期と様子が違う。それでも私たちは、今いる一般病棟からホスピスに移って、数週間かけてゆっくりと見送るその日々を待っていた。

母が、このまま目を閉じたままだったらどうしよう。そういう思いで毎日、病院を後にする。

最後の夜

病院に行く前にはいつも、何か母が少しでも口にできるものをと思い、手土産を買う。この日はいちごを買っていたが、病院の近くの焼き菓子屋さんでチーズケーキも買っていった。

3時を少し過ぎたおやつとして、チーズケーキを一口サイズに切っていちごも添え、母に見せる。母は力なく「おいしそう」と言い、少しずつでも確かに食べてくれた。

その後の夕食も、お腹がすいて食べたいというよりは、とにかく摂取しておかなければという様子で数口だけ口をつけた。それから歯を磨き、トイレに行く。その一連の動作を手助けしたが、こんな状態でも、一つ一つの行動を自分の力で遂行しようとする意思を失わない母は、本当にすごい。

「さくちゃんは、明日福岡に行くの？」

ふと突拍子もない質問がきた。私が福岡に行く予定は後にも先にもない。しかし母の入院によって私は数日前に、出張を伴う仕事をキャンセルしていた。そのことを母は気にかけていたのかもしれない。

「行かないよ」と答えるも、母はいつになく不安そうだ。

さらに母は、近くにあったティッシュの箱とペンを手に持ち、震える手で何かを書こうとする。

ＳＳ……と書いてからぐしゃぐしゃっと線を引き、ＳＭＩＥ……と書いては「違う……」とつぶやく。諦めたように、今度は携帯電話で文字を入力しようとするも、うまく打てない。思い通りに体や頭が動かせないことにいらだちながらも、必死に何かを伝えようとする母を、少しの間見守った。

母が何を言いたいのか推し量りながら、「ＳＭＩＬＥのこと？」と聞くと、母はそれが答えなのかもはっきりわからないような相槌を打った。おそらく、葬儀で流す曲の話をしている。やっぱりこの曲がいいというリクエストが頭に浮かんだのだろうか。混線した母の思いの欠片《かけら》が、断片的に姿を現している。私もそれを拾い集めようと必死だった。

いつもはずっと病院にいる私に、「早く帰りなさい」と促す母だったが、今日は様子が違う。私は友人と会う約束をしていて、この後は交代で兄が病院に来ることになっていた。私が帰ろうとすると、３日前よりもずっとか細くなった声で母がつぶやいた。

「私が明日までに死んだら、どうする？」

不安そうな声。母のこんなに心細そうな言葉は、今までに聞いたことがない。

私は答えに詰まる。明日までに母が死んだらどうするか？　なんて。お葬式のＢＧＭの話や現実的な手続きの話はできても、そんな問いへの答えは準備できていない。ふと握った母の手は、指先までパンパンに膨れていた。

「お母さんが死ぬのは、いつだって困るよ……」

母の手指をさすりながら、私は不安そうな母を安心させたかった。いや、安心させたいという気持ち以上に、自分を安心させたかったのだ。

「ほら、まだお母さん、ホスピスに移れていないじゃん。いつだって困るけど、ホスピスに移ってからにしよう。ね。じゃないと、一緒に泊まれないしさ」

私は母を諭すように、説得するかのように繰り返した。母は少し粘った後、観念したようにうなずいた。この日は金曜日で、ホスピスには、3日後の月曜日に入れることが決まっていた。願うように、信じていたのだ。さよならを言うのは、ホスピスに移ってからだということを。あともう少し、まだ少し。まだ逝ってほしくない。明日も生きていてよ。その気持ちばかりが先行して、その夜は病院を去った。

「私が明日までに死んだら……」

それはもう、今夜、自分が力尽きそうだという母の確かな予感だったのだろう。それを教えようとしてくれていたのだ。それでも母が〝明日〟を待ってくれたのは、最後のやさしさだったのだと思いたい。

そして次の朝、私は病院からの電話で目覚めることになる。

母が逝った日、認知症の父がつぶやいた本音

母が逝った日

12月15日。その日の朝方、寝たり起きたりの間で不思議な夢をみた。

夢の中では、母が家にいた。自分の足で立って歩いている。そして母は、がんに蝕《むしば》まれて痩せていく以前の姿だった。色白で、今より肉付きもよく、年齢よりも若く見られる可愛らしい母はなぜか、父と一緒にお風呂に入っていた。（両親の名誉のために言っておくと、そんな場面は生涯一度も見たことがない！）

お風呂から上がり、元気そうだけど歩くとふらつく母を支えて、2階のリビングにたどり着くと、母はソファの足を背もたれにして、床に座り込んだ。

私は「なんで床に？　ソファに座りなよ」と促しソファを見やると、そこには洗濯物が散らばっていて座れる状態ではない。慌てて片付けようとする私を見て、母も笑う。お風呂上がりの元気そうな母の姿が懐かしかった。

ああ、お母さんは、家に帰ってきたんだなあ。よくなったんだなぁ。

この穏やかな時間が少しでも続くといいなぁ……と、ふわっとした幸せな安心感が心に広がった頃、ふと目が覚めた。

ああ、夢かぁ……そりゃそうだよね……。母がいない家で、大きなため息をつく。

もう少し寝ようかと寝返りを打とうとした瞬間、携帯電話が鳴った。病院からだ。ブワッと全身に鳥肌が立ち、すぐに起き上がって電話に出た。

電話向こうの主治医の声は、冷静ながらも興奮した様子で、早口だった。

「お母さまの容態が、今朝から急変しています。酸素が落ちているんですが、人工呼吸器をつけてもご本人がすぐ外してしまうんです。とにかく、ご家族で病院に来ていただいた方がよろしいかと思います」

大急ぎで弟と父を叩き起こし、兄にも連絡を入れる。寝ぼけまなこの父にも説明もそこそこに支度を急がせ、起床して30分以内にはもうタクシーに飛び乗っていた。

病院に向かう間、親戚や両親の古くからの友人にもメッセージを送ると、全員から、来られるという返事が来た。一方で父は「これからどこに行くんだっけ？」と何度も聞いてくる。「お母さんの病院だよ」と手短に答え、丁寧な説明は拒否。そのときの私には、父の気持ちに寄り添う余裕はなかった。

ああ、今日が母の選んだ日なのか……。

いい天気の土曜日。あまりにも最後にふさわしい日だった。

呼吸が止まる瞬間

病院に着くと、この日の母の様子は明らかにそれまでとは違っていた。とにかく息をすることに必死で、話ができそうな様子は毛頭なかった。私も弟も必死で呼びかけながら、手や体をさすると少し呼吸が和らぐ瞬間はあったが、母は苦しみで同じ姿勢を保てず、ずっと体を動かし続けていた。

人工呼吸器を装着させようとしても、母はそれを嫌がり、手で払いのける。見ていることしかできない無力さを感じながら、今の私たちにできることは、もう一つしかなかった。

「母が嫌がるなら、呼吸器はつけなくていいです」

兄弟合わせての決断を主治医に伝える。その他、じゃらじゃらと母の体についていた機器や管も、最小限にしてもらえるように頼んだ。

母の体を、少しでも楽にしたい。これ以上一つも負担をかけたくないと、直感的に思った。

病室には、親戚や友人が集まり始めていた。苦しむ母を目の当たりにした父も、戸惑いながらもどこかちゃんと状況を理解しているようで、パニックを起こしてはいない。

母の着替えをさせるので、と看護師に促され、全員で一旦病室を出た。

心臓は、ずっとバクバクいっている。母の友人に「今日は長くなるから、少し休んでいた方がいいよ」と言われ、病院の売店に足を向けた。売店前では、兄の奥さんと子供たちが、早めの昼食をとっていた。

私もその輪に加わり、一服することにした。6歳の姪と3歳の甥にパンをおすそ分けしてもらいながら無邪気な会話に混ざると、張り詰めていた心が少し緩む。ほんの数メートル先にある母の病室とはまったく違う世界に来たかのように、姪と甥に癒されながら気づけば30分ほどそこにいた。そして兄からの着信でハッとした。

「もう、病室に戻ってきた方がいいかもしれない」

兄の声は、「一刻も早く」というニュアンスを含んでいた。

焦って病室にたどり着いたその瞬間、母の呼吸は止まりかけていた。数メートル内にいるはずの家族はみな病院内に散らばっていて、慌てて呼び出す。この瞬間父にもいてほしかったが、急かしたところでそんなに機敏に動けるはずもなく、父を待つ余裕はない。

「お母さん……お母さん！」

思わず声を荒らげながら、母の手を必死に握る。

そして薄く遠のいていた母の呼吸音が、ついに聞こえなくなった。


ほどなくして全員が病室に集まり、主治医の声が静かに響く。

「13時35分、ご臨終です」

長い一日になると覚悟してから、まだ1時間も経っていないのに。

私は、もう動かなくなった母にしがみついて、しばらく大声を上げて泣いた。

ずっと母を抱きしめたかった

思えばここ数か月間、私はずっと、母を抱きしめたいと思っていた。だけど大人になってから母とハグした記憶はまったくない。アメリカ人のような父を持ちながらも、親とハグをするのはとても非日常的な行為で、それは「いよいよ最後だ」という気持ちを連れてきてしまう気がした。だからタブーのように避けてきたのだ。

私は、ベッドに横たわる母の体に覆いかぶさるようにして、不器用に抱きつき、泣いた。もういいよね？　と、これが母に甘える本当に最後のチャンスだと言わんばかりに、いつまでもいつまでも、母に抱きついていたかった。「まだ行かないで」という気持ちが拭えないままに、口では「ありがとう」を繰り返していた気がする。

それからは自然と順繰りに、一人一人が交代で母と対話した。兄弟が「ありがとう」を思い思いの形で伝える中で、父は悔しそうにつぶやいた。

「まだ行っちゃだめだよ……おれを置いてくなよ。もっと面倒みてくれるはずだっただろう……」

奇しくもそれは、私の気持ちを代弁するような言葉だった。誰もネガティブな言葉を口にしなかった中で、父だけが嘘のない気持ちをその場にこぼした。わがままな言葉に聞こえるけれど、父はまだ面倒をみてもらう気だったし、母自身も、文句を言いながらも父の面倒をみる気でいたはずだ。がんという病気だけが予定外だった。

まだ私たちは、母に面倒をみられながら、暮らしていきたかったのだ。

安置所へ移動するため、霊柩車に母を運び込む時間になる。この車を降りる頃には、もう母が冷たくなっているのか。そう思うと悲しみと恐怖がこみ上げた。私はまた母の胸で泣いた。

一体何回泣くのだろう。母の前で、私はいつまでも子供だ。

みんなに見送られながら、兄と私だけが母と一緒に霊柩車に乗り込んだ。母の好きだった曲を流しながら、私たちは自宅近くの安置所まで向かう。車は、家の方向に向かう懐かしい道のりをたどっていた。よくこの道を通って父の運転する車で家に帰っていたなあと思いながら、私は今朝みた夢を思い出していた。

もしかしたら母は、今朝家に帰ってきていたのだろうか?

緊急入院になったきりそのままだったから、母が家を惜しむ間もなく逝ってしまったのは心残りでもあった。

けれども夢の中で、私は確かに「母は家に帰ってきたんだ」と感じていた。その実感が、わずかながらもじんわりと心に残っている。12月の寒さで体は冷え冷えとし、気を抜くとすべてが後悔で埋め尽くされそうな頭の中で、夢の中の幸せそうな母の姿だけが私の心をささやかに暖かくしていた。

母が逝った日、12月15日。
私たちの長い一日は、まだ簡単には終わってくれないのだった。

母のお葬式ミッション

人が亡くなると、一息ついている間もない。

今朝病院から連絡を受けて駆けつけ、お昼すぎに母が息を引き取った。そしてその夕方には自宅で葬儀の打ち合わせをしている。なんという長い一日なのだろう。

今までこういう行事を取り仕切ってくれていた母は、もういない。そして喪主は父ではなく、兄だ。弟も含めた私たち3兄弟で、とにかくなんとかしなければならない。母のいないこの世界で、はじめて私たちに課せられた〝お葬式〟というミッション。それはまるで、母からの宿題のようだった。

お別れの言葉

告別式当日は、冬晴れ。余裕を持ってタクシーに乗ったら、1時間も早く会場に到着してしまった。すでに緊張と疲れがあって、私が思わず親族控え室でうたた寝をしていると、ほどなくして兄が到着……するや否や、「あれ、リュック……駅のトイレに忘れた！」と叫んでいる。結局無事だったが、大変な日というのは、みなどこかポンコツになるのだろうか。ふだんはしっかりしている兄に、親近感を覚える。

キリスト教式、仏教式、色々と候補はあったが、母や家族の意向を酌み、我が家は〝無宗教葬〟で執り行うことにした。そしてあまりお金をかけないようにという母の言葉を守って、家族と親しい友人のみのささやかな式にする。それでも式には、想像よりも多くの人が集まってくださった。

無宗教葬というのは、お経を上げたり神父さんの説教がない分、献花の時間以外はあまりすることがない。そこで、母へのお別れの言葉を何人かにもらうことにした。予算を抑えても寂しくないように、味気ないものにならないように、作れるものは手作りで用意して、母らしさが伝わるような式にしたかった。

入り口付近には昔の写真を集めてコルクボードに貼り、母が好きだった本や、ボランテイアで行っていた朗読のテープなども並べて置いた。

母は自分の病気を隠してきたので、参列者のほとんどは、親戚を含め、突然の訃報に驚いている人ばかりだ。だからこの日、母とのお別れは、私たち家族のためだけのものではない。お悔やみの言葉を次々といただきながら、私はその事実を噛みしめてもいた。

「写真、すごく素敵ね」

参列者の方には、遺影をよく褒められた。母が自ら選んだ遺影は、一緒に青森へ旅行したときに撮った、風を受けてなびいた髪を手でおさえているスナップ写真。はじめに母に提案されたとき、それは私のイメージする遺影とずいぶん違うものだったので、拍子抜けした。

「えっ？　髪もくしゃっとなってるし、遺影ってこれでいいの？」

戸惑う私の意見もそこそこに、母は「これ」とデータを送ってきていたので、私は首を傾《かし》げつつも葬儀業者さんに渡した。出来上がってみるとそれはとてもいい写真だった。遺影を褒められるごとに、母が満足そうに笑う姿が思い浮かぶ。結局、全部母の言う通りだったんだなあ。

司会者の挨拶で式が始まり、黙禱《もくとう》ののち、遺影の前にはマイクが立てられた。お別れの言葉の時間だ。6歳の姪っ子による微笑ましいお手紙の朗読から始まり、母の兄弟・友人からのあたたかいメッセージは、時に笑いを誘いながら、それから一緒に涙してしまうような、心地よい時間をくれた。最後に、父の番が来た。一人で話せるか心配だったので、父の姉である、伯母の聖子さんと二人で話してもらうことにした。


聖子さんが話し終えた後、父がぽつりと話し始めた。

「えーと……本当に、感謝しています」

それまで参列者の方に向かって話していた父が、少し振り向いて背後にある遺影に目をやった。微笑みかけてくるような表情の母に向かって、話しかけるようにつぶやく。

「僕ら、一緒にうまくやったよね。それしか言えることはありません」

そう言って父は、ゆっくり、深々と頭を下げた。以前の父ならばもっと饒舌《じょうぜつ》に、感情豊かに話していただろう。でも今日の言葉は、とても簡潔で、本音以外の何物でもない素直さを持って響いてくる。父の言葉はいつからか、むき出しの飴玉のようになっていた。本来包まれているはずの紙はどこかにいってしまい、ぽいっとむき出しのまま手のひらの上に渡してくる。もう今すぐ舐《な》めるしかない、こちらが受け身をとる余裕がないくらいまっすぐに渡されるその甘い飴玉に、私は何度も救われている気がする。

マカロニ入りのシチュー

葬儀を終えた夜、兄弟も父もそろってタクシーで帰宅。喪主を務めた兄をはじめ、みな一様にぐったりとしていた。

弟が夕飯にクリームシチューを作ってくれるという。すると作り始めてから弟が台所で「マカロニがない！」と騒ぎ始めた。確かに我が家のシチューには、いつもマカロニが入っている。私は、そういえばそうかという程度だったのだが、なぜか兄と弟は「絶対入れる」とゆずらない。そうして弟はコンビニへマカロニを買いに走り、我が家のシチューが完成した。

父、兄、弟、私で食卓を囲む。テーブルには卓上サイズに印刷された母の遺影。ビールをついで、ささやかな打ち上げの準備ができた。

「献杯」

みんなでビールの入ったグラスを母の写真に差し出す。

「シチューにマカロニって、そんなに必須だっけ？　別に入ってなくてもよくない？」

「いや入れるだろ」

「絶対入れるよ。むしろ他の家があまり入れないって最近はじめて知ったわ」

マカロニ談義をしながら、私たちは不思議な達成感を感じていた。

やるべきことはまだあるが、私たちのはじめての宿題は、とりあえず終わった。

もう自身が言ったことなど忘れているだろう、数時間前の父の「僕ら、一緒にうまくやったよね」という言葉が、ふと頭をかすめる。父と母が「うまくやった」のは、私たち兄弟の子育てのことを含んでくれているだろうか。私たち兄弟はまぎれもなく、父と母がつくったチームだとは思っているのだけれど。
「私たち、なんとか及第点もらえるかね？」少し笑いながら私が言った。
マカロニ入りのシチューを口に運ぶ兄が涙ぐむのを、横目で見ながら。

4. 2017 ～ 2018

母はどこへ行く

番外編

母を支えた「推し」の存在

父の介護、そして自身のがん発覚。その大きな出来事の中で母を支えていたもの。それは、「推し」の存在だ。

大好きなフィギュアスケート選手が出る大会の日はテレビにかじりつき、録画を繰り返し見ていたし、好きな歌手の新曲リリースとなればCDを買い、慣れない音楽配信サービスも習得して再生数を上げようとする。抗がん剤治療のタイミングがライブと被りそうであれば先生に相談して調整してもらう。驚くべきことに、亡くなる1か月前、長時間立っていられるような体調ではなかったはずの母は、4時間のライブイベントに立ちっぱなしで参加していた。しかし「もしかしたらこの無理がたたって、母の寿命を縮めたのでは……？」とはまったく思わない。むしろその逆だと思う。

思えば母には、高校時代からすでに推しがいた。母の葬式準備をしているときに、若かりし母がはにかんで、男性とツーショットで写る写真を発見した。それは、まだギラギラメイクをする前の、素朴な忌野清志郎と母のツーショット写真だったのだ。筋金入りの追っかけ体質である母が推しに向けるエネルギーは強大で、入院中のベッドでも、亡くなる3日前までSNSで情報収集を続けていた。あのときの母は、確かに生きようとしていた。痛みを忘れさせるくらい夢中になれる存在が、母にあってよかったと、心から思う。

5.
2019
そして父と二人になった

母の死を忘れてしまう父は、母の居場所を私に聞いてくる

母の告別式が終わった夜は寝つきが悪く、睡眠導入剤を飲んだ。母のがんが発覚した頃、つらいことが重なり、人生ではじめて不眠になった。それ以来、明らかに寝つきが悪いと思われるときは我慢せずに飲むようになり、すとんと眠りに落ちて7時間ほどで起きる。ふだんは服用しないが、原因がはっきりしているときは、薬に頼るのもよしとした。

朝起きると、昨晩泊まっていた兄が、生命保険の手続きを始めようとしていた。私は私で香典返しの品を考えたりと、まだ残務はたっぷりある。とにかく朝ごはんを食べようかと思う頃に父が起きてきた。

リビングのドアが開くと、喪服を着ている父がいた。

「えっ⁉　どうしたの？」。私と兄が目を丸くする。

「今日お葬式かと思って」と父は言う。昨日着ていた喪服の一式が、寝室にあったからだろうか。

「お葬式は、昨日終わったじゃん。お父さん、うまく話してたよ」

私が諭すように言うと、父は不安そうに言う。

「そうだったかなぁ。おれ、うまく喋ってた？」

兄は「うん、よかったよ、ちゃんとやってたよ」と言いながら、普段着に着替えるよう促した。父の背中からは、隠し得ない寂しさがにじみ出ていた。寂しいよね、と同調する気持ちのかたわらで、「私だって寂しいんだよ」という、小さな理不尽ないらだちが私の胸をちくりと刺してくる。

父の寂しさが流れ込んでくる

それから数日間は、葬儀後の事務処理や保険の手続き、父の介護の手配と、お世話になった人へ連絡を取ったり、少し入っていた仕事に着手したり。カレンダーを見れば日付は進んでいるのだけれど、なんだか目の焦点が合っていないような、ぼんやりとした日々が続いていた。

母が逝ってから10日経った朝、父が言った。

「お母さんの命日は12月15日だったかな」

それを聞いて、私は目を丸くした。

……合っている。その日の日付も曖昧な父が、母の命日を正確に覚えているのは奇跡的だ。

「そうだよ。よく覚えてたね！」

父に、新しい情報がインプットされるとは思っていなかった。母がもういないという事実が父の中に刻み込まれている。私は感心しながら、父をデイサービスに送り出した。

母が亡くなったら、父は気落ちして体調を崩してしまうのではないかと、私も家族もみな心配していた。けれどそんな心配をよそに、ここ数日の父は、なんだか妙にしっかりしている。

その数時間後、デイサービスを終えた父が帰宅するなり言った。

「今日はお母さん、いないんだっけ？」

私は不意をつかれて肩を落とした。口ごもり、そっぽを向きながら小さな声で答える。

「……いないよ……」

「え？　聞こえないよ。どこ行ってるんだっけ？」

「……」

態度で気づいてくれないかな……と、私は無言を貫きながら父を玄関に置いて自分の部屋に入り、ドアを閉めた。

「なんで答えないんだよぉ」

父は不服そうにブツブツとつぶやきながらコートを脱ぎ、なおも声で追いかけてくる。

「ねえ、お母さん、どこに出かけてるんだっけ？」

ドア越しに大きな声でたずねる父に、私は不機嫌な声で答えた。

「もうお母さんはいないでしょう?」

顔は見えなくとも、はっ、とする音が聞こえた気がした。一瞬の沈黙の後、がくっと下がった声のトーン。

「あ……そうか……お母さん亡くなったのか……」

そうして矢継ぎ早に聞いてくるので、私は押し黙る。

「死因はなんだっけ?　いつ亡くなったんだっけ?」


もうこれ以上、質問に答えたくない。

私はまだ事務的に切り返せるほど、父の世話人にもなりきれなければ、母が亡くなったことにも慣れていないのだ。

後悔と向き合う

母がいない。その現実とともに、見過ごせない感情があった。

それは、後悔だ。

母が息を引き取る前夜、弱音を吐いた母にもっと寄り添っていればよかった。泊まり込めばよかった。そうすれば、一日でも長く母といられただろうか?

母が最期に着ていた、買ったばかりのＸＬサイズのＴシャツには、痛痒くて体をかきむしった血がついていた。母が逝った後の病室でそのＴシャツが返却されたとき、私は即座にそれをゴミ箱に捨てた。

一人で苦しみ続けたその夜を想うと、息が苦しくなった。母の性格上、その姿は子供に見せたくなかっただろうとは思う。でも、本当にそうだっただろうか？　つらいよ助けてと言えなかったのか、言いたくなかったのか？　こんなにつらいなら、この姿を見せるくらいなら、死にたいと本気で願っただろうか？　それは本当にわからない。いくら考えても答えはないのに、その疑問はずっと頭の中を右往左往している。

母はどこにいるのだろうか

それにしても、母を失うという事実がこんなにも大きいとは知らなかった。ずっと予感はあったけれど、想像の何倍も悲しい。泣き始めると止まらなくなるのも怖くてできれば泣きたくないと思う。でもこらえきれない。

自転車置き場近辺から音がして、もしかしたら母が帰って来たんじゃないかと錯覚する。四六時中やりとりしていたメッセージが今日も来そうな気がする。

台所には、まだ母が買ってきた食材が残っているし、この生々しい距離感は、一体いつまで続くのだろうか。

母はどこにいるのだろう?

家を見渡しても、街に出ても、母の姿はどこにも見当たらない。これだけ街に人がたくさんいるのに、母と同世代の人だって、似た背格好の人だって、たくさんいるのに。探しても母はいないのだ。

強く信じている宗教がないというのは、自分の思いのよりどころや、道しるべがないということなのかもしれない。

誰かがかけてくれたいくつかのやさしい言葉の中に、「お母さんはきっと見てくれてるよ」という言葉があった。それが本当だとするのなら、母は、体がなくなってしまっても、ふと気がつけば私のすぐ後ろについて見てくれているのだろうか? 早くそう思えたらいいのに、母の不在感が強すぎて、まだ私には到底そう思えなかった。信じたもの勝ちだということはわかるけれど、まだそう思い切れない自分がいる。いつか、完全にそう思える日が来るのだろうか？

玄関先のメモ帳の先頭には、数か月前に母が書いたメモが残っている。

「整形外科にいってきます」

そのメモが今朝書いたものだったなら、母は今、整形外科に行っている。父だったら信じるであろうこのメモを、私も信じられたなら、もっと楽なのだろうに。

父の介護は容赦なく

２０１９年1月。母が逝ってから1か月以上が経っていた。世のサラリーマンならとっくに忌引を終えて仕事復帰をしている頃だ。そう思うと、忌引ってあまりに短すぎる。フリーランスの私には勤め先も急ぎの仕事もなかったので、この悲しみはいつまで続くのだろうかと問いながら、なるべく無理をしないように努めた。何かをするというよりは、ひたすら悲しみに暮れ、ぼうっと寝て、たまに起きてはスマホゲームに没頭するのみのような時間が、一日のほとんどを占めていた。

それでも少しずつ動き出してみようかなという気持ちが出てきた頃、出かけたついでに、久しぶりに洋服を買おうと思い立った。お店に入るやいなや、自分の服を物色するより先に、店頭にあった白いブラウスが目に入る。ふと「母に似合いそうだな」と思った。それから気づけば私は店内の服を、自分ではなく「母に似合うか、似合わないか」で見ていた。それが目に痛くて、私はそそくさと店を出た。

お店を出てもまだ、歩き進む度に、ここで母と映画を見たな、このカフェに来たな……と思い出している。帰宅後、テレビには母の好きな歌手が出ていて、どこかで母は見ているだろうか、なんて思う。まだ何をしてもどこに行っても、母のことを思い出していた。

そんなときでも〝父の介護〟は容赦なく降りかかってくる。

もともと同居していた弟も、母の死後家を出ることになり、私と父は家に二人きりになった。

介護保険で賄えるサービスを上限ぎりぎりまで使い、兄弟が使える時間をパズルのように組み合わせシフトを作り、私が介護を取り仕切るようにした。

すぐにふだん通りの仕事に復帰できない自分を、「早く元に戻りなさい」と叱る声が聞こえる。それは他の誰でもなく、私が、私に言ってきている。そんなとき、父を介護しているという事実は、自分を〝何もしていない〟と呼ばずに済む盾にもなっていた。

〝ハズレくじを引いた〟日

自宅介護の朝は、父をデイサービスに送り出すことから始まる。家まで送迎車が来てくれるので、それまでに父を起こし、着替えをさせ、朝食を食べさせ、薬を飲ませ、トイレも済ませて送り出すのが、朝一番のミッションだ。

その日はパジャマのままで朝食を済ませた父に、「はい、着替えて」とズボンを渡した。「わかった、わかった」と父は面倒くさそうにズボンを受け取るが、気づくとまだ着替えないまま食卓でテレビを見ている。

「ねえ」と声にドスをきかせ、着替えるようにとさらに2回促した後、父はようやく食卓から離れ、着替えやすいソファに移動した。……が、移動しただけで着替えていない。

いらだちゲージが溜まった私は、ほぼ脅迫のように「ねえ！　ズボン!!　着替えて!!」と怒り、ようやくパジャマを脱いだと思ったら、2分後にはパンツ一丁でぼんやりテレビを見ている父を発見する。ズボンを着替えるまでに5～6回ほど声かけが必要なわけである。

なんとか着替えを終え、あとは送迎車に乗るのみ……と思うと出がけの2分前にトイレに立てこもり、出てこないという事件もしばしば起きる。スムーズに行く朝もあれば、やきもきするばかりの朝もある。幼稚園に娘を送り出すことに慣れている兄は、私よりもこの朝の仕事が上手かったようにも思う。

「おれ、もう寝る」

ある夜いつもより早い時間に、父が自分の寝室へ向かった。我が家は2階にリビングがあり、1階に父の寝室があるので、階段を下りなければ自室には戻れない。ゆっくりゆっくりと階段を下りる足音が途中から聞こえなくなったかと思えば、父が階段の途中で座り込んでいるのが見えた。階段を下りきれないのは、父の体調がいまいちなサインでもある。

肩を組んで残り数段を一緒に下り、なんとか父をベッドに寝かせる。ああ、もしかしたらこの後発熱するかもしれないな……という予感がした。父は発熱すると、回路が故障したかのように、うまく言葉が発せられず、動きがちぐはぐになってしまう。2か月に一度くらいのペースでこういう体調不良を起こすので予兆はわかるようになっていたが、一人で対処するのは骨が折れる。そして一番の不安の種はトイレだ。

翌朝、デイサービスの迎えの時間に合わせて父を起こすと、ベッドが湿っていた。トイレに行けなかったのだろうか。そして体が冷えたのか、父はかすかに震えていた。

「やっぱり……」

心配よりも先に、落胆してしまう。ああ、父親の下の世話をしたくない。その思いが私の身を固くする。

着替えを促してみるものの、父の動きはコマ送りのようで、まったく前に進まない。パジャマを脱がせて着せることを一旦諦め、父におにぎりを渡した。昨晩、ほとんど夕飯を食べずに寝てしまったから、きっと糖分が足りていないのだろう。これも父のいつものパターンだ。

少し食べると父はようやく動き始めたが、どうしても下着がうまくはけない。シャツを脱がせ、ボタンを留め、靴下をはかせることも手伝えるが、パンツを脱がせてはかせることは、どうしてもしたくなかった。したくない。したくないんだ。だからお願い、自分でやってよ。そう心で、願うほかない。

〝ああ、ハズレくじを引いた〟――。

その思いが、私の中でむくむくと膨らんでくる。

どうして今、私しかこの家にいないのだろう？

目の前にいない兄弟、パンツを自力ではけない父を心の中で責めつつ、はかせられない自分も責める。大きな不安と自分の無力さへのいらだちで、喉の奥が苦しくなる。父が汚したズボンや下着、シーツを洗濯機に放り投げながら、脳内で嘆く。

〝一人でやるのは嫌だよ。誰か助けてよ……！〟

迎えの時間が迫る中、今日は行けないかもしれないと、デイサービスに電話して事情を説明した。それからいつも訪問診療をお願いしている診療所に電話をすると、お医者さんはすぐに自宅に来てくれた。手慣れた様子の短い診察の後、お医者さんはあっさりと「異常なし」の診断を下した。「デイサービスにも行って大丈夫ですよ」というお墨付きで、少し拍子抜けした。

この1時間で憔悴《しょうすい》した私の様子を心配した訪問診療の看護師さんが「大丈夫？　よかっ

たね。薬局、すぐ近所だよね？　今飲ませなきゃいけない分だけ先にもらってきてあげる」と言って、代わりに薬局へ行ってくれた。親切が身にしみる。

改めてデイサービスに電話すると、時間をずらしてお迎えにきてくれるという。徐々に父も回復してきたので朝食を食べさせ支度をさせ、半端になっていた下着の着替えも、デイサービスで入浴時に対処してくれることになった。

朝のほんの1、2時間の出来事ながら、ぐったり疲れてしまう。私たち家族の日常生活は、本当に細い糸一本でつながっている。この日、糸がぷつんと切れかかり、崖から落ちそうだった私に命綱を差し伸べてくれたのは、家族以外の人たちだった。なんとか這い上がった後は、やさしい人たちのことを思い出しながら、ソファに倒れこんでそのまましばらく起き上がれなかった。

父と囲む食卓

数日後のある朝、そう早くもないが、遅くもない時間に起きた。

昨日は雪が降っていたけれど、今日はどうかな？　と部屋の障子を開けると、外は晴れていた。今日はデイサービスもない、日曜日だ。

なかなか読むのをやめられないスマホ漫画を片手に、自分の朝食を用意した。起きてくるかもしれない父の目玉焼きも一緒に作ったが、寝室から出てくる気配はない。

自分の朝食を食べ終えて父の寝室に顔を出し、「もう11時だよ、起きな〜」と声をかけると、父はふとんにもぐったまま、ベッドから手を振ってきた。

そこから数10分経っても動きがないので、再び大きめの声で、「ごはん食べな〜！」と呼ぶと、父はようやくリビングに来た。

ある日曜日の朝
よっこらせ
いつも通りの朝ごはんを見た父が突然言った
じっ
無能なお父さんに色々してくれて
ありがとう
「無能」という強い言葉に押されつつ、茶化すと
無能なの？、少なくとも前は有能だったでしょ
父は少し安心したようにしみじみとつぶやいた
そっかぁ子育てもしたんだしなぁ
おれの人生、最高だなぁ
父と二人の生活は
・・・へえ
たまに悪くないなと思えるのは
えーみてたのに
チャンネルかえるよ
父が父でいてくれたおかげだと思う

この瞬間、父は、母がいなくなったことを覚えているのだろうか？　もしかしたら、覚えていないのかもしれない。だとしても関係ないし、訂正する必要などない。

妻もいない、自分は病気である、ともすれば不幸にも映るこの状況で、父は自分の人生を最高だと言っている。そうか、父は幸せなんだな。その事実に驚くと同時に、不毛だと思えるような私の日々の苦労も、ほんの少し浄化されるような気がした。

無条件に私を見守ってくれていた母がいなくなったら、私はたった一人になってしまう。そう強く思っていた。でもそうか、私にはまだ、父がいたんだな。

すぐに自分の仕事に戻れなくとも、何もしていないわけではない。私は私に必要な忌引をとりながら、父を介護している。この優先順位は、きっと間違ってはいないんだ。明日もそう思えるかはわからないけれど、少なくともこの瞬間は、そう思えた。

今、父の安全を守る環境をつくっているのは私だけれど、心から守られているのは、もしかしたら私の方なのかもしれない。

ふと、そんな気がしたのだ。

父は「僕がどこか行ったら、君たちは幸せになれそう」と言った

介護の夏は数時間が命取り

母が他界して以来、3兄弟で父を介護する日々がしばらく続いた。兄弟が3人いても、在宅介護は苦労が尽きない。それぞれの生活に手一杯な中に父の介護が加わると、日々は常にギリギリの状態でまわっていた。この余裕のない状態が続くと思うと、家族の関係が破綻しかねない。そんな私たちには、共通の決意があった。それは〝夏までに父を有料老人ホームに入所させること〟だ。

数年前から、猛暑の日だろうと、父は自分でエアコンをつけなくなった。喉が渇いたからと水を飲むこともしない。ではエアコンをつけっぱなしにしておけばいいかというと、そうでもない。エアコンの風が直撃する位置にいたら、寒くなってエアコンを消してしまうかもしれない。寒いと消すことはあっても、暑くてつけることはないのが不思議だ。

もし、暑い日の日中、数時間エアコンをつけず、水分を取らずに部屋にいたら？　数時間でも目を離したら命取りになり得る。それが恐ろしい、夏の介護なのだ。とにかく夏まで。そこまでならなんとか頑張れる気がした。とにかく毎日、今いかに転ばないように進むか、足元を見て歩くのに必死だった私たちには、今の場所から見える短期的なゴールがとにかく必要だったのだ。

ズレと一致

朝、デイサービスの送迎車が来た。座り込んで靴をはき、ふらつく父の肩を軽く支えて立ち上がらせた。ドアを開ける寸前、私は「今夜は兄ちゃんが来て、夕飯用意してくれるからね」と予告した。

「そうなの？　別にごはんくらい、自分で適当に食べられるのになぁ」と父は不服そうにつぶやきながら、送迎車に乗り込んでいった。

「いってらっしゃい」

いや一人じゃできないでしょ、というツッコミをぐっと飲み込み、父を見送った。言っても無駄だ。もうそれはわかっている。こんなやりとりをもう何度したことだろう。同じ会話の繰り返しが続くごとに小さな嫌気が積み上がり、言わなければよかったと思うくらいならと、飲み込む言葉が増え、父にかける言葉は日に日に減っていく。この先、父がわからないことが増えるなら、かける言葉はむしろ増やすべきはずなのに、どうもうまくいかない。

ある日の食事中、ふと思いついたように父がつぶやいた。

「僕がどこか行ったら、君たちは幸せになれそうな気がするな」

父の言葉にはいつも不意を突かれる。父の顔を見ても、表情はそう悲観的でもない。私は思わず聞き返す。

「えっ……？　っていうか、君たちって誰？」

「さくやさんの……家族」

「え、誰のこと？」

「……君たち」

具体的に誰をという説明はうまくできないが、私や周りの人々にとって自分が重荷になっていることは、肌で感じているようだ。正直に言って、否定も肯定もできない。幸せかどうかという問いはさておいても、父に入所してもらわなければこの先がないと思っていることは確かだ。

父は家が好きだ。病気の前と比べてできることは格段に減ってはいたが、自分が所有する家で、お気に入りの家具や家電、本に囲まれて、テレビを見ながら気ままに暮らす老後の日々は、父が築き上げて得た権利だったはずなのに。

いつの間にか父がこの家に暮らすことが、現実的ではなくなってきている。そうはいっても、子供の独断で、父の権利を取り上げてもいいものだろうか？　そんな疑問が拭えないままに、夏は容赦なく近づいてくる。

入所施設探しの旅

引っ越したいときは不動産屋さんに相談するが、老人ホームについては誰に聞けばいいのだろう？　ひとまずはインターネット上に転がる情報を拾って、実際いくつかの施設に足を運んでみた。自分たちなりに比較検討はするものの、自力で集める情報だけでは心もとなく、どうにも決めきれない。いいことを並べられても、謳《うた》い文句をそのまま信じていいものか？　実際に住む人からの口コミや信頼性のある情報でもあれば、父がどんな日常を送れるのかイメージできるかもしれないのに。

お金が動く決断であることと、環境の変化に弱い父への負担を思うと、「合わなかったら他の施設に移動すればいい」とも簡単に言えない。さらには、今後何年居住する可能性があるかによって料金体系が異なったり、施設の人員配置によって介護の手厚さや守備範囲が異なり、今後の身体的な変化にもどこまで対応してもらえるのかなど、通常の引っ越しとは違った老人ホームならではの視点に、私たちは目を白黒させていた。

そんなある日、近所にあった掲示板で、〝若年性認知症の本人・家族の交流会〟の貼り紙を見つけた。認知症だけではなく〝若年性〟がついていたので思わず二度見した。もしかしたら何か有効な情報が得られるのではないかと、思い切って一人で足を踏み入れることにした。

会場ではスタッフの人が話を聞いてくれ、家族の状況や入所施設を探していることを伝えると、老人ホームの仲介事業者さんを紹介してくれた。一瞬、手数料が高くかかるのでは？　偏った物件を紹介されて営業されるのも嫌だな……などと少し不安に思ったが、特に地元の情報に強いというので電話してみることにした。インターネットで情報を探すのが主流な現代でも、ご近所の口コミ情報は侮りがたし。今後も困ったときには地元の掲示板を眺めてみることにしようと誓った。

父の理想の暮らしって なんだろう

訪ねてみるとそこは、訪問介護事業を行う事業所だった。その一部署が老人ホームの仲介も行っているとのことらしい。担当のOさんは、不動産会社の担当者とい

うよりも、これまで介護の相談をしてきたケアマネジャーさんと似た雰囲気でとても話しやすかった。立地や経済的な条件などを詰めた後、Ｏさんは「お父様の入居先には、どんなことを望みますか？」と聞いた。

どんな暮らしが、今の父には合うのだろうか？　いつもの父を思い浮かべて、一つ一つ考えてみた。

家で一日テレビを見て過ごし、ソファと同化してしまいそうな父の、運動機能が衰えてしまわないように、体は動かしてほしい。

本来、人と会話することが好きだから、孤独にならず、話しかけてくれる人は周囲にいてほしい。

たまには部屋でＣＤや、お気に入りのＤＶＤをかけてあげてほしい。

思いつくままにリクエストを連ねた。父にしてほしいこと、したら喜ぶだろうと思うことは、いくらでも思いついた。だけど半分以上が、今の生活ではできていないことばかりだった。

「今は自力でごはんを食べているので、一日でも長く、それを続けられるようにしてほしいです」

そう口にすると同時に、自力でごはんを食べられなくなる父の姿が目に浮かび、涙ぐんでしまった。今できていることができなくなる、その瞬間が訪れるのがたまらなく怖い。施設入所をきっかけにそうなってしまったら、私はきっと後悔する。だけど一方で、今の状況で父が家にいることが理想の暮らしかと言われたら、そうではないな、とも思えた。

在宅介護から切り替え、家族ではない誰かの手に委ねる。そのリスクはどうしたって、ゼロにはできない。でもそのリスクを減らすために然るべき人に相談しているのだし、兄弟でしっかり選定した上で安心できる環境を選んで、信じて委ねるしかない。Ｏさんと会話しているようでいて、自問自答をしながら決意を新たに、私は少しずつ前向きな気持ちになっていった。

その後、Ｏさんはいくつか候補施設を挙げてくださり、施設の見学にも同行してくれた。家族以外の第三者が、施設への希望を一緒に伝えてくださるのは心強い。手数料は成約後に施設が支払うとのことで、家族の負担はないのもありがたかった。

父のお茶碗

父の入所施設の候補もいよいよ絞られてきた。話は父抜きで着々と進んでいたが、この日は父にも施設入所について改めて話をしてみた。

「もうすぐお父さん、一人暮らしするんだよ」

「一人暮らし？　なんで？　この家でいいじゃん」

「この家で、自分のことを一人でやって暮らすのは難しいでしょう。私もずっと面倒みられないからさ」

なるべくやさしいトーンを維持しながら、諭すように伝える。

「おれは一人で自分のことできるよ、そんな必要ないよ」

以前ほど口調に力強さはないが、相も変わらず答える父。

「家にお父さんが一人だと、私たちが心配になっちゃうからさ。家事をするのも、大変でしょう？　誰かにやってもらう方が楽じゃない？」

「まあ、それもそうだな」

「離れて暮らしても、お父さんに会いに行くからさ。その方が仲良くいられるだろうし、楽しいよ」

「うん……そうなのかな」

本当に納得しているのか、私に合わせてくれているのか。力なく寂しそうにうなずいた後、観念したように父が言った。

「それがいいなら、きっといいんじゃないのかな」


自分を納得させるような父のつぶやきに胸が詰まりそうで、私は台所に逃げた。お昼ごはんできてるから食べよう、と話を切り替え、「ごはん自分でよそってね」と促した。のそのそと台所に現れた父は、食器棚から自分のお茶碗とお箸を正しく選びだす。色々なことを忘れても、それは間違えないのだから不思議だ。

母は生活のルールに厳しくなかったが、それぞれのお茶碗を使うことにだけはうるさかった。そう言われ続けてきたおかげか、父には自分のお茶碗と箸を使う習慣が根付いている。

「よく自分のお茶碗、覚えてるね」

私が感心して言うと、父は少し誇らしげに答えた。

「これだけは忘れないんだよな」

「これだけは、って、よくわかってるね。他のことは全部忘れるってこと」

「悪かったな」


施設に入ったら、基本的には共用の食器を使うのだろう。少なくとも自分のお茶碗や箸を食器棚から選んで使うようなことはなくなる。母が父に叩き込んだ習慣が一つ失われるごとに、母の面影がまた一つ遠くなるような気もした。

それまでの習慣や、当たり前に目の前にあって、使っていたもの。その一つ一つを父から剝がしてしまうのかと思うと、えもいわれぬ罪悪感に苛《さいな》まれる。私物はできる限り持っていくけれど、もちろんすべてではない。ものばかりでなく、ずっと一緒にいた私も、父の目の前からいなくなる。私たちは、もうすぐ一緒に住まなくなるのだ。

5. 2019

そして父と二人になった

ずっと父と暮らして面倒をみていけるのかと言われると、そうはできない。

だけど父は、自らが望まなくとも、暮らしを変えなければならない。

施設入所は決して後ろ向きな決断ではない。けれども父のお茶碗に感じるこの胸の痛みは、娘として忘れないでおこう、と思った。

番外編

孤立しないためのつながりづくり

なかなか認知症の診断がおりなかったグレーゾーンの時代、あの頃の私に、もっとやれることがあったのではないかと、今でも少ししこりが残っている。自主的に外出をせず、家で寝てばかりいた父を、母が積極的に外に連れ出していたあの頃のことだ。

最近になって、「社会的処方」という言葉を知り、ああ、もっと早くに知りたかった……！　と思った。

私の地元である東京・高円寺には「小杉湯」という、老若男女問わず人気が高い銭湯がある。そこの常連であった保健師さん・訪問看護師さん・大学で運動生理学を教える先生という専門職の有志で、社会的処方にまつわるチームが立ち上がった。その活動の一つとして、正しい歩き方を学びながら町を散歩するという定例イベントなどを行い、健康相談も受け付けている。

社会的処方というのは、何も医療や福祉の専門家たちだけの話ではない。たとえば銭湯に来たお客さんが、番頭さんとの雑談の中で、自身の体調に黄色信号を感じていることがわかったとする。そこで番頭さん経由で町歩きのイベントや人を紹介する流れもあるだろう。そのように人と人をつなぐ存在や場所は、地域の中で意外と身近にあったりする。その後小杉湯の常連になった私は、顔見知りも増え、話せる人も増やすことができたが、グレーゾーン時代の我が家は、やや孤立した状態だったのだと思う。

あの頃の父に「もの忘れ外来行こうよ」と言っても猛反発しただろうが、「銭湯に行こうよ」という誘いだったら受けてくれていたのではないか？

小杉湯の常連さんとつながって、その後も上機嫌で銭湯通いを始めて、町歩きにも参加してみる……そんな未来があったかもしれない。

「社会的処方」にまつわる活動は各地で起こっているはずで、このキーワードは誰しも心に持っていてほしいと思う。自分が困ったときの逃げ場を確保しておくことは大事なことだし、あるいはそれを知っておくことが、自分以外の誰かにとっての薬になるかもしれないのだ。私は専門家ではないけれど、家族の病気で悩む誰かの話を聞くことがあったら、その人自身が何を望んでいるか、その話をまず聞きたい。そしてその人の参考になりそうな人や場所、本など、そんな情報が与えられるような引き出しを持っておきたい。そう思うようになったのは、父への後悔があるからこそだと思う。

身近にこんなところありませんか？

友だちや家族に話しづらいことって、あるし。
家の外、そして身近なところに
一つでもそんな場があるといいなと思う
そして心の中に「社会的処方」というものも
お守りのように持っていてほしい
大事なのは逃げ場をつくって、孤立しないことです

6.
2019 ～ 2020
父と私の新しい生活

老人ホームに入所した日、父は「帰りたい」と言った

「さて、どっちがいいだろうね……」

父の入所施設をいよいよ決めようという兄弟会議で、私はまだ迷っていた。

老人ホームを選んだ決め手

いくつもの施設を見学した末、最終の候補は施設AとBの二択にまで絞られていた。

施設Aは、最先端の認知症トレーニングやリハビリ機器を採用しており、何から何までハイスペックで、なんとコンシェルジュと呼ばれる人までいる。まるでホテルのような暮らしができる、老人ホームらしくない雰囲気がそこにはあった。その日の様子をアプリから報告してくれる仕組みまであるという。

施設Bは、きれいではあるが比較的オーソドックスな老人ホーム。施設長が見学対応を

してくれて、現場の様子をメリット・デメリット含めて正直に語ってくれた。スタッフさんの様子からも、人情的な雰囲気がある施設だと思った。

60代の父を老人ホームに入れるのがかわいそうだという気持ちが、どこか拭いきれずにいた私には、一見老人ホームらしくない暮らしができる施設Ａが魅力的に見えた。父の認知症の抑制にアプローチするトレーニングができる点もいい。しかし施設Ａの方がＢよりも利用料が高額なのはネックだった。

この先、父が何年間元気でいられるか。それは今後の入居年数に関わり、費用面に大きく影響する。兄と弟は施設Ｂを推しており、私もＢが有力とはわかりつつ、父をできるだけ刺激の多い場所に置くことで認知症の進行を抑えられないものか、というわずかな希望を諦めきれずにいた。話は平行線をたどる。

そのとき、兄が口を開いた。

「母なら多分、もったいない！　Ｂでしょ！　って、言うだろうな」

兄は、「なんか昨日、母がおりてきた」と続けた。ふだん現実的な兄からは意外な言葉だった。と同時に、確かに母はそう言いそうだと、強く納得した。兄を介して入った母の代理票で、今まで迷っていたのが嘘のように瞬間的に、私もＢだと思えたのだ。

そうして父の入所先は、施設Ｂに決まった。

ようやく決断できた頃には、すでに２０１９年6月も終わりにさしかかっていた。

引っ越しまでのカウントダウン

夏が近づくほどに、父の体調には翳《かげ》りが見え始めた。ソファやベッドから自力で立ち上がりづらくなるなど、身体機能も低下しつつあった。以前より食が細くなり、デイサービスでの昼食もあまり食べていないという報告を受けるわりに、健診ではコレステロール値が高いと言われる。父の食事を手配している身としては、少し責任を感じてしまう。

手続きが想定よりも遅れたために入所日も先延ばしになってしまい、「もう夏になってしまった！」と、私は少し焦っていた。在宅介護よりも丁寧なケアを施してくれるであろう、安全な施設に一日も早く入所させた方がいいのはわかっている。

一方で、ホッとしている自分もいた。いよいよ父と離れて暮らす日が近づいていると思うと、引っ越しまでのカウントダウンは日増しに私を寂しくさせた。

そして迎えた引っ越しの前日。兄弟で荷造りをする約束だったので、出先からスイカをひと玉買って帰ると、弟がカレーを作ってくれていた。そういえばお葬式の後も弟がシチューを作ってくれていたっけ。

みんなでカレーを食べてから、えいやっと一気に荷造りをする。洋服や本などの小物と少しの家電。家具は、テーブルと椅子、本棚のみ。そんなたいそうな荷物でもないと思ったけれど、自家用車に無理やり詰めると、運転手以外誰も乗れないほどにパンパンになってしまった。父は、自分の引っ越し作業をしているとは特に思ってもいないようで、いつも通りテレビを見ていた。作業がひと段落した後、もう寝ようとしていた父にスイカを食べようと誘った。ふだん買わないくせに、珍しくひと玉まるごと買ったので、切り方がわからず変な形になってしまった。

「このスイカ、あまり甘くないね。塩かけると甘くなるんだっけ？」

弟が言い出す。今まで塩をかけてスイカを食べたことはなかった。弟が試し、私も恐る恐る試し、父も真似をした。

私は塩を集中的にかけすぎて、思わず「しょっぱ！」と叫んだ。弟は「これ、結構かけた方が甘くなるわ！」と興奮している。父は「なんだか変わったことしてるな」と言いながらも自分も塩を振り、特に美味しいのか美味しくないのか判断がつかないような顔でスイカを平らげた。

今目の前にいる父がスイカを食べている、その〝普通〟の光景を、私は目に焼き付けたくなった。

明日、自分の意思にかかわらず、父は家を出ることになる。

父の新しい生活

7月21日。

「これからどこに行くんだっけ？」

朝から兄弟で慌ただしく準備をする中、いつも通りの様子の父が何度も聞いてくる。

「これからお父さんの引っ越しでしょう」と言うと、「そうだっけ？」と初耳のように驚く。特に混乱するわけでもないが、数分おきにリセットされてはその流れを何度も繰り返す。

兄弟で手分けして、自宅から施設へ荷物を運び込んで配置をする。手続きもオリエンテーションも一通りあって、入所日というのはかなり忙しい。

父は理学療法士さんと一緒にフロアを一周して、歩行の状況などを調べてもらっていた。私たちが家具や持ち物の配置を概ね済ませた後、施設スタッフさんに部屋の動線を確認してもらい、父の身体状況に基づいて家具を再配置した。テレビを見るのにはこの角度、トイレに行くまでにつまずかないようにここに手すりを置いて……など、怪我のリスクを減らす部屋づくりが、今後の生活の肝になってくるのだなと思った。

その後も代わる代わる、フロア担当のスタッフさんや、夜勤のスタッフさん、看護師さんなど、今後父と毎日関わる人たちが挨拶や説明をしに来てくれる。父はすっかり疲れてほとんど部屋のベッドで寝ていたが、私も内心、一緒に寝たいくらい疲れていた。私たちが手続きに奔走している頃、父は食堂に誘導されてコーヒーを飲んでいた。スタッフさんに話しかけられると、まんざらでもなさそうに話している。

帰り際、私と兄で声をかけた。

「お父さん、また来るからね」

すると父が、キョトンとした顔で言う。

「帰るの？　おれも帰りたいな」

私たちは苦笑いした。

「お父さんは、帰らないんだよ。ここに住むって言ったでしょう」

父は驚いたように、「そうだっけ」と答える。「また来るよ」ともう一度言って、後ろ髪を引かれる思いでエレベーターに乗り込んだ。閉まる扉の隙間から、力なく手を振る父が見えた。

長い一日を終え、玄関先で施設長に挨拶をする。「ではこれから、よろしくお願いします」と私が頭を下げると、施設長は、ゆっくりとこう返した。

「今まで、おつかれさまでした」

今まで、おつかれさまでした。

――私は、今しがた言われた言葉を反芻《はんすう》しながら、施設を後にした。

もちろん、介護が終わったわけではない。だけど確かに私たちは、父を夏までに施設に入所させるという目標を、一旦達成したのだ。これは一つの区切りと呼んでもいいのかもしれない。

帰宅して一息つき、在宅介護でお世話になった、伯母の聖子さんやケアマネジャーさんにも電話で入所を報告。そして次々と同じ言葉が返ってきた。

「おつかれさまでした」

そう言われるたびに、ああそうなのかと思いながら「ありがとうございます」と返事をした。それでもまだ、その実感は湧かないままだった。

翌朝起きると、家に父がいない。当たり前か。

ほんの1年前までは、弟と母と父と私、4人で暮らしていた家に、いよいよ私は一人になった。作る味噌汁も一人分でいい。納豆や卵も一人分ずつしか減っていかない。起きろとか寝ろとか促す相手もいない。自ら選んで一人暮らしをすることはあっても、生活の中から人が減っていくという感覚は、なかなか慣れないものだ。

慣れた寝室、リビングのソファ、テレビ。いつも使っているお茶碗。苦労しながら上り下りする階段。そういう一つ一つから父を切り離すことを選んだのは家族であり、私だ。父ではない。

父は今、何をしているだろう。きっとテレビを見て、のんびりしているのだろうけれど。

いや、いつもより早い時間に起こされているだろうか。きっと我が家より豪華であろう朝食は、食べきれただろうか。

6. 2019 〜 2020

父と私の新しい生活

父の新しい生活が楽しいものであってほしい。
私はひたすらにそう願いながら、一人分の朝食を平らげた。

別に好きじゃなくても
目の前のものは欲しい父

父はとりあえず誰にでもおやつをねだる

「ここはどこ？　私は誰？」状態の父にとっての娘の存在

さくちゃんが来てくれてよかった

老人ホームに入所して2日目の午後、私は父の施設を訪れた。住み慣れた家を離れ、パニックを起こすようなことがあればすぐに連絡をくださいと伝えていたが、入所初日に電話が来ることはなかった。

しかしケアマネジャーさんに聞くと、今日は朝から不機嫌だったという。慣れない環境への混乱といらだちはやはりあるようだ。

父は、私を見るなりとても嬉しそうにしていた。

お土産に持ってきた水ようかんを一緒に食べながら、父に聞いてみる。

「ここはどう？」

「なかなか快適だよ、きれいにしてくれる人もいるし」と父。

毎日清掃の人が入ってくれる父の部屋は清潔に保たれ、我が家での暮らしよりもずいぶんとスッキリ、広々としていた。朝に自分が不機嫌だったことも今は忘れているのだろうか？　父の言葉は、どこか私を安心させるように言っているようにも聞こえた。

雑談をしていると、ふと思い出したように父は母の居場所を聞いてきた。

「お母さんは？　どこ行ってるの？」

「……うーん、どうだったかねえ」

「何？　どういうこと？」

「お母さんは、いないかな」

私が明快な回答をするのに抵抗を感じて言葉を濁すと、父は追いかけるように聞いてくる。

「なんで？　いなくなっちゃったんだっけ？」

「うん」。できるだけ言葉にしたくなかったことを、父がはっきりと口にした。

「死んじゃったんだっけ？」

「……うん」

観念したように私がうなずくと、父は「そっか」とうつむく。私は少し前のめりに、茶化すように付け加えた。

「お父さんに愛想つかして出て行ったかと思った？」

父は「ちょっとそうかなぁと思ったんだけど」と顔をほころばせた。少しの沈黙の後、噛みしめるように「死んじゃったのかぁ」とつぶやく。

私が食べ終えた水ようかんの容器を捨てようとゴミ箱に向かうと、背後から父の声が聞こえてきた。

「さくちゃんが来てくれてよかったなぁ。世界が明るくなったみたいだ」

恥ずかしげもなく言う、父の素直な喜びが私の心をそっと暖かくする。一方で、今父のいるこの世界は、暗いのだろうか？　ちくりと胸が痛んだ。

不機嫌なのは慣れないから

入所してからは、新しいケアマネジャーさんとちょこちょこ連絡を取っていた。父は基本的に落ち着いているが、たまに不機嫌になって会話を拒否し、テコでも動かない頑固さを発揮することがあるらしい。戸惑いからか、ごはんを食べましょうと誘導しても、「うるさいなぁ、ほっといてよ！」と声を荒らげる。以前からもたまにあったが、慣れない場所に気が立っている分、それが一日に何度か発動しているようだ。無理もない。

夜中1時過ぎに寝て10時頃に起きていた父が、21時消灯、7時起床のタイムスケジュールにのらなければいけないのも大きな変化だった。「夕食時間が早いせいか、夜中におやつをくれと食堂をさまよい出すんです」とも言われ、「ああ、それもいつもの習慣です……」と伝え、おやつを買い置きしておくことにした。

入所4日目も、父に会いに行った。昨日は血圧が異常なほど低くなっていたそうだが、今日は比較的回復している。まだ新しい生活リズムに慣れないのかちょっと疲れ気味に見え、昼食は食べていないという。

「元気？　調子はどう？」と聞くと、「なかなか快適だよ。涼しくて気持ちいいし」と言った後、「さくやが来てくれて、この生活に光が見えた」と続けた。おととい自分が何を言ったか覚えていないはずの父が、同じ意味の言葉を発している。きっと本心なのだろう。

家で毎日顔を合わせている分には、テレビをつけていれば話さなくてもよかったが、会いに来ていると何かをしなければいけないような気になる。なんとなく照れくさくなって、私は部屋にあったCDをかけた。父も好きなカーペンターズのアルバム。車の運転が好きだった父が、いつも車中でかけていたレパートリーの一つだ。

ふと、『Rainy Days and Mondays（雨の日と月曜日は）』という曲がかかる。

静かなピアノで始まるバラード。父は曲の冒頭から鼻歌でメロディをなぞり、「しかめっつらして　ただきまよっているだけ　雨の日と月曜日はいつも気が滅入る」という印象的なフレーズを、歌詞カードも見ずにそらで歌っていた。もう体に染み付いているのだなぁと感心していると、父が歌詞を繰り返し、「雨の日と月曜日はいつも気が滅入るなんて、今はないもんなぁ」と言う。

「確かに。もう、サンデーもマンデーもないもんね」

私の身も蓋もない返答に、「いいだろ」と自慢げに言って、また父は続きを口ずさんだ。

父に、なぜか意識高めの啓発本の差し入れがあった
めんどくさいのやめかた
1.「行かない」「行かれない」はもったいない
2.「疲れた」「やめる」「めんどくさい」を言うな
ふむふむ
おれ、何も言えなくなっちゃうなあ
めんどくさいのやめかた

父が私を忘れる前にできること

　父が入所して以来、2日おきくらいに面会に行っている。父の様子が心配であることも事実だが、私が父に会いたくて行っているような気もする。在宅介護のときには顔を合わせるのも嫌だったはずの父に「会いたい」と思えているのが自分でも不思議だった。母も父もいない家に、一人で帰る寂しさから目をそらすという都合もあったかもしれない。私は私で、介護ロスとでもいうのか、虚無感に襲われていた。

　ある夜ふと、携帯電話に残っている母の写真を見ていた。3年前、まだ母のがんが発覚していなかった頃も含め、そこには懐かしくて、元気で生き生きとした母の姿がたくさん映っている。たった3年前、こんなに元気だった人がもういないのか。その現実に思い至った途端、この先父が離れていくことが無性に怖くなった。

　前も後ろも、妻も子も姉も、わからなくなってしまう、遠いところへ、いつの日か父は行ってしまうのだろうか。私の顔を見ても「誰？」と思い出せなくなる日は、突然訪れるのだろうか。

「お父さんが長生きすると世話するの大変だから、そんなにしなくていいよ」なんて悪態をついて、「ひでぇなぁ」というやりとりで笑い合っていた日々が懐かしい。

心底、長生きしてほしい。まだ、ここにいてほしい。まだ、私が会いにきたことを喜ぶ父であってほしい。あと何年、父はそうしてくれるのだろうか。

今、私が父にできることってなんなのだろう。

我が家を見渡しても、「ここは、介護を必要とする人に向いた家ではないな」とつくづく思う。そもそも階段の上り下りなしには生活できない構造の家だし、昔から我が家は、ものがたくさんあってごちゃごちゃしている。いつかつまずいて怪我をする不安材料は十分だ。

しかし父からすれば今の生活は、起きたら知らない部屋にいて、知らない人に、起きて、着替えてとかごはんを食べましょうなどと言われる。やさしく説明されてもすぐに忘れてしまう。ごちゃごちゃでも見覚えのある自分の家具、本、持ち物という愛着のある環境から引き離され、頭の中に浮かぶ無数の「？」が現れては消えていき、違和感と不安だけが胸に残っている。

ここはどこ？　私は誰？　文字通りのそんな事態。慣れない生活リズムにのっとって食事ができなくとも無理はない。むしろ父はかなり穏やかな方なのではないかと思う。

――「さくやが来てくれて、この生活に光が見えた」。

私は父の言葉を思い返していた。きっと今の新しい生活は、父にとっては、場所も人もすべてが「？」に埋め尽くされた、不確かなものなのだろう。そんなときに見覚えのある娘が現れてようやく、そこだけははっきりとした光に見えたのかもしれない。不確かの中に生きる父にとって、私は〝確かなもの〟の一つなのだ。

そうか、私が光なら、懐中電灯のように、暗闇の中で父のぼやける視界を、照らしてみせる係ができるだろうか。「僕は誰？」状態の父に、あなたはこういう人であって、こんな家族がいる。音楽はこれが好きで、この映画が好きなのよとリマインドしていく。父の好みを知っている私なら、父の〝好き〟なものをホイッと目の前に出して、照らし出すことができる。一時的でもいいから、父が〝好き〟なものに触れる時間を増やすこと。たとえば父の好きな水ようかんを持っていって、好きな曲をかけて一緒に聴くこと。それが離れて暮らしていてもできる、私の使命の一つなのかもしれない。

父が入所して１か月が経った。父の様子も少しずつ落ち着きを見せ、私は仕事の忙しさを言い訳にしながら、頻度は落ちたものの、週に１、２回程度は顔を出すようにしていた。

この日はコーヒーを差し入れして、施設の屋上で一緒に飲んだ。他愛もない話をして部屋に戻ると、日に当たって少し疲れたのか父はベッドに倒れこみ、今にも寝そうになっていた。

私はすかさず、映画『ゴッドファーザー』のＤＶＤを再生した。父はＤＶＤ ＢＯＸを買って、何度も繰り返し見るくらいこの映画が大好きだった。

「なんかこの映画見たことあるな」と言いながら、父は結局夕飯の時間まで釘付けになり、すっかり眠気は飛んでいってしまったようだった。劇中では人が次々と殺されていくが、好きな映画を見ている父はなんだか幸せそうだった。これも父にとっての一つの光なのだろうか。

この先、私は何回でもＤＶＤを再生したい。父がアル・パチーノに見惚《みと》れる父であり、私の名前を呼んでくれる父のままであり続けてくれることを願いながら。

食事中、父と同席の女性同士が
口論になることがあるらしく
ちょっとかわいそうなんです
なんと
1
ストレスになっていないか
本人に確認した
おばさまたちにまきこまれて大変なんだって？
え？
2
3
おれおばさまは結構好きだから大丈夫だと思うけど
あっさり
大丈夫なんかい
4
思っていたよりも父の適応力は
高いことを知った
じーっ
父が父でいてくれて
よかったなあとつくづく思う

父が忘れていくことを、私は忘れないでいたい

「さくや、今家？」

「家だよ。お父さんはどこにいるの？」

「えーっと……。おれ、さっきまではアメリカにいたと思うんだけど。今はどこだっけ」

　2020年4月の緊急事態宣言の少し前から、父との面会方法は〝タブレットを使ったビデオ通話〟に切り替わった。そして最近の父は、よくアメリカにいる。

「アメリカのどこ？」と聞くと、父は「ボストン」と答えた。


　私たち家族は25年ほど前、父の仕事の都合でボストンに3年間住んでいた。私も小学生のうちの3年間を過ごし、滞在中に弟も生まれ、年の離れた末っ子を家族全員で愛でた。たくさん旅行にも出かけた。家族で過ごしたボストンの記憶は私にも、楽しかった思い出として色濃く残っている。そのボストンに、父は今いるのか。

父が有料老人ホームに入所してから、1年以上が経った。しかし1年前にはいくらでもできた面会が、コロナ禍ではかなり制限されている。父と交流する時間はめっきり減ってしまった。

1年前の父は、ここはどこ？ という不安を抱きながら過ごしていた。しかし、自分の居場所にピンと来なくとも、少なくとも「アメリカにいる」と答えたことはなかった。

そういう意味では、父の認知症の症状は、1年前よりも進んでいるかもしれない。だけど父は今、とても元気そうだ。

コロナ禍と父

父の入所した施設では早々に感染症対策を取っていた。2月末に「3月末までは一旦面会禁止とさせていただきます」という連絡をいただいたときは、「なかなか大げさだなあ……。まあ、念のため期間を長めに言っているのだろうな」という印象を抱いたものだった。結果、面会禁止は3月にとどまることなく、制限つきの面会が再開されたのは6月のことだった。

面会禁止となる前から、父はだいぶ施設に慣れてきていたので、私も週に何度も会いに行くことはなくなっていた。それでもさすがに父と1か月以上も会えないとなると、もしかしたら私のことを忘れてしまうのではないか……という一抹の不安があった。

そこで、どうにか顔を見て話すためにビデオ通話ができる環境を慌てて整えた。

はじめのうちはビデオ通話で話していても、父は「早く会いに来てよ」とこぼしていた。しかし数か月もするとお互いにこの交流スタイルにすっかり慣れ、父の姉にあたる、伯母の聖子さんと3人でグループ通話をするのが、習慣になっている。

何度目かの通話を経て、少し音が聞き取りづらいことがあり、父にビデオ通話用のヘッドセットを贈った。片耳だけ覆ったイヤフォンとマイクをつける父は、なかなかキマっていた。

「画面越しに見ると、お父さんパイロットみたいだよ。かっこいいじゃん」と私が言うと、

「そう?　今、隣の人に、ディレクターみたいだって言われたよ」と、父はまんざらでもなさそうににやけながら、周囲の人の反応も報告してくれた。

父はいつもラウンジで話していて、通話中も周囲の人によく話しかけられていた。時折見知らぬおばあさんが画面を覗き込んだかと思えば、父はいたって自然なそぶりで画面を指差しながら、「これが僕の姉」などと紹介し始める。画面を覗かれたこちらは少しだけ戸惑うが、父は嫌な顔もせず動揺もしない。私にとっては見知らぬおばあさんでも、父にとってはご近所さんなのだから当たり前なのだが、父はもう新しい関係を作っているのだと思うと、少し不思議な気持ちがする。


「姉はもう○○歳」

父が、見知らぬおばあさんに、聖子さんの年齢を教えている。しかもやけに数字が正確だ。聖子さんは笑いながら「ちょっと。別にそんなに言ってまわらなくていい。あんたこそいくつになったのよ」と口を尖らせる。

「え？　僕は67でしょ」。父が堂々と言う。自分の年齢は、先月とったはずの年がカウントされていない。私と聖子さんは笑いながら「ずるい」とツッコむ。本当は68歳なのに、父はなぜかそれを頑なに認めなかった。

6. 2019 〜 2020

父と私の新しい生活

時間を記録する

「で、お父さんはどこにいるんだっけ？　さっきアメリカにいるって言ってたよね？」

ビデオ通話中、私の居場所を何度も聞いてくる父に、私は少し意地悪に数分前の会話を蒸し返す。すると父は照れくさそうに、「そうだっけ？　そういうことはもう忘れろよ」と言った。

「忘れろよ」——そう言われ、私は少し笑った後、ハッとした。思えば父は、施設への入所などこちらに都合の悪いところも含め、色々なことを忘れてくれている。そう思うと、こちら側だけがすべてを覚えていて誘導するのも、不公平かもしれないな。

……と、思ったのもつかの間で、そんな父の言葉も私は、早速今日も書き留める。確かに不公平だけど、ごめんね。

父は「忘れろよ」と言ったけれど、私はどうしても忘れたくないんだ。

認知症になる前の、バリバリ働いていたギラギラした時代の父の姿は、私にはもうだいぶ思い出しづらくなってしまった。当たり前のようにそこにある風景や会話は、時が経つとあっという間に忘れやすい。

2年前まで一緒にいた母が今はもういない。1年前まではできていた普通のことがコロナ禍で制限されるようになっている。この先、父が私のことを忘れたり、言葉がうまく話せなくなったり、意思表示ができなくなる日は遅かれ早かれきっと来る。あるいは私自身が病気や怪我に見舞われることだってあるだろう。目の前の当たり前の風景は、いつの間にかがらっと変わってしまう。

来年の私は、今年の父を覚えていられるだろうか？

1年後の父の記憶は、今よりも現実とずれているかもしれない。それでも父がかつて持っていた記憶は、消滅するわけではない。頭の中の引き出しの奥へ、奥へしまわれていくだけ。それをたまに引き出せるように備えておくのは、他ならぬ私の役目だ。写真や動画を撮ったり、記録の方法は色々あるが、私の場合はたまたま日記だった。だから今日も、父の言動と、気になったことを書き留めておく。父が自身のことをわからなくなっても、あなたはこんな人だよと、父にまた教えられるように。

かつて認知症になった父を嫌いになりそうだった頃の自分から、今父と朗らかに笑うことができている現状までを含めたこの記録が、他ならぬ私を、これからもまた救うことになるだろうと思う。

父が忘れていくことを、私は忘れないでおきたい。

2020年・父の進化の記録

2020年6月

ビデオ通話中に
お尻を向けて寝る父

1

2020年7月

久々の面会は物々しく
世紀末感がすごい

2

3

2020年8月

テレビ電話への乱入者にも
ごく自然に対応する父

4

2020年9月

世界中の人が移動できない時世に
アメリカに瞬間移動できる父

そして観測日記はつづく

エピローグ

そして、これから。

父の在宅介護に一区切りをつけたのは、２０１９年の夏。そして世界がコロナ禍に見舞われた２０２０年を経て、２０２１年の春、私は、移住することに決めた。長らく暮らした東京都中野区を離れ、岩手県紫波町《しわちょう》へ。その理由は、いくつもある。

このエッセイを書き始めたのは、母のがんが発覚した２０１７年。32歳の私に介護のバトンが渡され始め、２０１８年12月に母を看取り、その後兄弟だけで在宅介護をしたのは半年強。たった半年、されど半年。渦中にいた当時は、これは一体いつまで続くのだろうと、途方もなく果てしない道のりに思えた。

そして毎日の介護に追われなくなったとき、「この先自分の人生を、どうやって生きていこう？」という命題を突きつけられたような気持ちになった。

移住の決断と実家の整理

かつて家族5人で暮らしていた広めの一軒家に、父の施設入所後、半年ほど私は一人で暮らしていた。そしてコロナ禍と時を同じくして、奇しくも弟が実家に帰ってきた。弟とはもともと仲が良かったのだが、実は父の在宅介護中、お互い生活に余裕がなくぶつかり合い、距離を置いていた期間があった。そんな弟と二人きりで暮らすことがあろうとは。結局弟との同居生活は丸1年続き、ほぼ毎日一緒にごはんを食べ、ときにお互いの人生相談をしながら飲み明かすほどに、私と弟の仲は急速に回復した。

仕事面としては、もともとフリーランスで得ていた仕事がコロナ禍で目減りし、収入が不安定になりつつあった頃、友人の紹介で紫波町へ出張することになった。はじめて訪れた紫波町に私はすぐに惚《ほ》れ込んでしまい、「地域おこし協力隊」として働くのはどうかというお誘いを、すっかり真に受けてしまったのだ。家族にもすぐに相談し、話はトントン拍子に決まっていった。

私が家を出るという決断は、長らく片目をつぶっていた実家の断捨離をするという強い動機にもなった。兄弟で力を合わせ、丸1か月を片付けに費やし、家は見違えるほどにすっきりした。かなり多くを処分したが、父や母の所有物のうち、直感で「どうしても捨てづらい」と感じたものは残した。もう増えるわけではないのだし、来年はもう一段階処分できるものが増えるかもしれない。それはここ数年、母の洋服の処分などで得た学びでもあった。

実家には、どうしても母の気配が色濃く残っていた。すべてを拭い去るのは悲しすぎて、すぐに全部を処分する気にはなれない。〝母がいない〟という事実は唐突に私に押し寄せてきて、小さな悲しさが常につきまとっている感覚があった。だからこそ目の前の景色を変えたいという気持ちもあった。

私にも兄弟にとっても、一旦大きくリセットする必要があったのだと思う。介護していた日々も綱渡りだったけれど、移住のタイミングが訪れたのも、人と人との縁と偶然の綱をなんとか渡り歩いた結果だなと感じる。

移住の意思を聞いた父の反応

今の父の様子はというと、3年前に比べて、できることは格段に減ってはいるが、施設に入所してからガクンと落ち込んでしまうこともなく、まだ父は父らしさを保ってくれている。

そんな父に私が移住の意思を伝えたのは、もうすっかり心に決めてしまった後のことだった。ふだんの面会では眠そうにしている父だが、移住を告げた時ばかりはしゃっきりした顔で、「男がいるのか？」と前のめりに聞いてきた。「いないよ」と私が答えると、さらに混乱した様子で、父は不満そうに「だめだよ、遠いよ」と寂しさをあらわにしていた。

堂々巡りするので、「じゃあ、私がチェコに行くって言ったらどうするの？」と聞くと、「うーん……チェコ……ならしょうがないけど……」と言うのでちょっとずっこけた。父にとっては海外移住よりも国内の地方移住の方が、どうやらピンとこないらしい。

「新幹線で2時間半なんてすぐだよ、ちょくちょく帰ってくるし、テレビ電話でも話せるし」と諭そうとすると、「でもさ、電話もすぐに通じないでしょ」と父。娘を引き止めたい一心なのかもしれないがちょっと笑ってしまう。

父がまっすぐに寂しいと訴えたこのとき、罪悪感がなかったかといえば嘘になる。だけど結局決断のときにいつも思うのは、「父のために何かを我慢したら、結局父を恨んでしまう」ということだった。

父を有料老人ホームに入所させることを選んだことも、父の意に沿わなかったかもしれない。しかしそれが今家族に平穏をもたらし、父の体を健やかに、安全に保ってくれている。

移住してみての、今

岩手県・紫波町は、とても暮らし心地のいい町だ。駅を中心に、役場や素晴らしい図書館、産直なども併設され、利便性も高い。そして車で数分行けば畑や田んぼに囲まれていて、自然環境や美味しいものがすぐそばにある。広い空と山に囲まれた景色は、本当に美しい。小さい町ながら4つも酒蔵がある酒造りの町であることも、日本酒好きの私にはたまらないことだった。

ここ数年、東京に足場を置いた状態で旅行をしていたとき、美しい風景を見たら、「母に見せたかったな……」と直感で思っていた。

だけど今の暮らしの中では不思議と、「いつか父を連れてきたいな……」とか、「姪や甥、兄家族は、夏頃には遊びに来られるだろうか……」という、現実的なスケジュールを含めた願望を持つようになった。

一体なんの変化なのだろう？

妙に現実的な脳を持っているらしい私は、「母はどこかで元気にしているのだろう」という空想をいまだに描けない。「母が空から見てるよ」みたいな感覚も、特に感じない。

だけど今は、「母がどこかにいる」というよりも、私の中に母が入ってしまったような、同化した感覚にも近いものを感じている。だから今、切なくないのだろうか？

父の急変

コロナ禍当初の面会禁止時期を終え、久しぶりに父に面会したとき、父の足ってこんなに細かったっけ、と驚いた。ふと、父の母である祖母の足を思い出す。私が見た祖母の足は80代だったけれど、今の父の足はそれに似てきている。いつだって年齢より若々しかった父は、〝老人〟という佇まいになりつつある。

今はまだ私の顔を見れば多少嬉しそうにしてくれるし、ユーモアも通じる。まだ父は父であり続けてくれているけれど、加齢と病気は、ゆっくりと着実に進んでいる。いつか、私のことをわからなくなるかもしれない。その怖さはいつでも抱えている。

それでも私はどこか楽観的で、のほほんと元気そうにしている父を見て、まだまだこの日々は続くのだろうなと、あてもなく思っていた。父の記憶は、ある日突然コロンと私を忘れるのではなく、長い時間かけて視力が低下していくように、「最近目が霞《かす》むなあ」という予兆があった先に、「どうやら見えなくなってしまったみたい……」という日が訪れるのではないかと。

そんな想定をしていた矢先の夏のある日、父が感染症にかかり発熱し、夜中にベッド付近で転倒したという連絡を受けた。すぐに病院へ運ばれ、入院することになったが、なかなか意識が戻らないという。検査の結果、新型コロナウィルスではなく、てんかん発作を起こしたのだということもわかった。思い出されるのは18年前、父がはじめて大きなてんかん発作を起こして倒れたときのことだ。意識が回復するまでは、その発作の大きさもわからない。発作によるダメージが大きければ、今までのような生活を送ることもできなくなり、施設にもいられなくなるかもしれない。歩くことも、話すこともままならないかもしれない。目の前が真っ暗になった。

兄から連絡を受けて、いてもたってもいられず私は岩手から東京へ駆けつけた。駆けつけたはいいが、コロナ禍で一切面会は許されない。そして医師は最悪のケースを想定して伝えてくる。

「仮に意識が戻らず心停止した場合、心肺蘇生はどこまで試みるか。その方針を家族で話し合ってください」

昨日までの平和はどこにいったのか。急展開すぎて、頭がついていかない。

たとえば心臓マッサージをするときに、肋骨が折れるかもしれない。人工呼吸器が必要になったら、つけるかどうか。もしも呼吸器がその後外せなくなったら、本人の体への負担や経済的負担も大きいものとなる。実際にはもっと細かな選択があるだろうが、いざというときの判断を考えておいてくださいと医師に突きつけられ、がく然とする。

そういう決断を迫られる場面は、突然訪れるのだ。父を失うのはやはり想像以上に怖かったし、母のときとは勝手が違う。母は明確な意思もあり急速な病状進行があったからこそ、先々の判断はそう難しくなかった。しかし父の場合、私たち兄弟で父のことを考えながらその都度判断しなければいけないのだということを、改めて目の当たりにした。

幸い、父は翌日意識を取り戻し、会話もできるようになってきたという知らせを聞いたときは、心底安堵した。と同時に、これは、いかに心の準備ができていなかったかを思い知らされる出来事だった。

父と私とこれからと

そして改めて、私に今できることはなんだろうかと考える。平穏に、普通な日々が少しでも長く続くことを祈る以外に、何ができるのか。父の発作を経て学んだのは、今後生命に関わる判断が必要になったときの、決断の基準になるようなヒントをもう少し持っておくこと。それは父に直接意思を聞いてみることでもあるし、選択肢についてもう少し学んでおくことでもあるだろう。

この件で、身近な看護師の友人に相談をした。そのときに印象的だったのは、「決断は、その都度変えていいんだよ」という言葉だった。死を左右する決断は正解がなく、簡単にできるものではない。一度はこう思ったけど、やはりこうしようと、変えることだってできる。それまでの父の人生や性格、そして何よりも目の前の父の状況を見て判断することが重要であると聞いて、そうか、確かに今までもそうだったと納得した。私たち兄弟は、目まぐるしく変化する状況とそれまでの父の性格を考え抜いて、その都度判断してきたじゃないか。

これから先、目の前の景色がまた急変する出来事はいつでも起こり得る。

母が逝ってしまったこと、父が認知症になったこと。どれも自分の人生に関わる大きな出来事で、いつの間にかそのことで頭や生活が占められてしまう瞬間はあった。だけど自分の人生は自分が主語で、選びとっていくしかない。移住という選択もまた、あらゆる状況の中で選びとった、私自身の救命措置の一つなのだろう。

移住が私のすべてを変えるわけではない。それでも私の生活も健康も、自分の選択一つ一つでつくられていくし、どんな決断も、決断したら終わりではなく、その先もずっとついてまわる。

その度に足元の綱をなんとか渡りながら、自分が楽しく生き延びる方法を選択できたらと思う。これまでの父が、家族が、そして他ならぬ自分が来た道を忘れないようにしながら。

父が自分の意思で選ぶことが嬉しい。

あとがき

父は若くして認知症になり、母のがんが発覚し、私は30代で介護をすることになった。今までできていたことができなくなる父を、家族は「なんでできないの？」と責め、本人は「できるのに」と反発したり……。認知症とどう対峙すればいいかがわからなかったときが、お互いに一番つらかったように思う。

しかし、認知症の進行が、父を少し楽にしたかもしれないことも事実だ。仮に元気なときに母のがん宣告を聞いたとしたら、きっと心配で心配で、父までもが体調を崩していたかもしれない。今、母が先に逝ったことも、コロナ禍だということも曖昧な父は、〝自分がどこにいるかわからないけれど、なんとなく心地いい場所にいる〟という感覚を持っているように見える。そういう意味では、父の認知症の進行は、〝進化〟なのかもしれないと思う。忘れていくことが一番つらいのは本人で、その気持ちを代弁することはできない。でも少なくとも私の目に映る父は、到底〝不幸な人〟には見えない。大変な時期はあったとしても、私たち家族も、決して不幸ではなかった。

「認知症はみな不幸になる病気か？」と問われたら、そんなことはないと、父が身をもって教えてくれたことを、私は強調しておきたい。この先診断を受けるかもしれない誰かが、絶望しないためにも。

この本の結びに、母へ。介護に押し潰されないか、兄弟不仲にならないか、そもそもこの放蕩《ほうとう》娘は大丈夫か……？　と、心配は尽きなかったと思うけれど、「なんとかなったんだな」と少しでも安心してくれたらいいな。

そして今、あるいは少し先の未来に、家族の重い荷物を抱えているあなたへ。少しでも荷物を軽くするヒントが届けられていたなら、こんなに嬉しいことはありません。手に取っていただいたご縁に、心から感謝します。

２０２１年９月

あまのさくや

本書は、ｃａｋｅｓのウェブ連載
「時をかける父と、母と」を一冊にまとめたものです。
単行本化に際しては著者による加筆および修正を施しました。

あまの さくや

絵はんこ作家、エッセイスト、チェコ親善アンバサダー。
1985年、カリフォルニア州生まれ、東京育ち。
青山学院大学卒業後、会社員を経て、絵はんこ作家に。
認知症の父と末期がんの母との日常をつづったブログ
「時をかける父と、母と」が幻冬舎×テレビ東京×note
コミックエッセイ大賞にて準グランプリを受賞。
現在は、岩手県・紫波町に移住し、
「地域おこし協力隊」を兼務しながら、創作活動を続けている。

32歳。いきなり介護がやってきた。

時をかける認知症の父と、がんの母と

2021年11月30日　初版第1刷発行
2022年1月20日　初版第3刷発行

著　者　あまのさくや
発行者　中沢純一
発行所　株式会社佼成出版社
〒166-8535 東京都杉並区和田2-7-1
電話　(03) 5385-2317（編集）
　　　(03) 5385-2323（販売）
URL　https://kosei-shuppan.co.jp/

ブックデザイン　アルビレオ
印刷所　小宮山印刷株式会社
製本所　株式会社若林製本工場

ISBN978-4-333-02858-0 C0095　NDC598/228P/19cm

Kosei
shuppan